# बेताज शहर

वाणी प्रकाशन
21-ए, दरियागंज, नई दिल्ली-110002
फोन : 011-23273167, 23275710, 41562622
फैक्स : 011-23275710
e-mail : vani_prakashan@yahoo.com

# बेताज शहर

किशोर कुमार सिन्हा

वाणी प्रकाशन का लोगो
विख्यात चित्रकार मकबूल फिदा हुसेन
की कूची से

ISBN: 81-7055-140-4

वाणी प्रकाशन
21-ए, दरियागंज, नयी दिल्ली-110002
द्वारा प्रकाशित

संस्करण : 1997
संस्करण : 2006


मूल्य : 100.00

आवरण : वाणी चित्रांकन

एस.एन. प्रिंटर्स, दिल्ली-110032
द्वारा मुद्रित

---

**BETAJ SHAHAR** (Novel)
by **Kishor Kumar Sinha**

"आ गिरा।" आगरा शहर के रहने वाले शहर के नाम की यही व्याख्या करते हैं। उनके मुताबिक जो भी आदमी एक बार यहाँ आता है, वो फिर लौटकर नहीं जाता है, या अगर जाता भी है तो बार-बार लौटकर आता है। उनकी नजर में शायद ये शहर न होकर मधुमक्खी का छत्ता है और यहाँ रहने वाले मधुमक्खियाँ हैं। जो बार-बार उठकर वापस अपने छत्ते पर आकर बैठ जाती हैं। वैसे अगर इस शहर का एरियल फोटोग्राफ लिया जाय तो शहर का काफी हिस्सा मधुमक्खी के छत्ते की तरह ही घना बसा हुआ नजर आएगा। हिन्दुस्तान के तमाम शहरों की तरह यह शहर अन्दर की ओर ज्यादा बढ़ रहा है बाहर की ओर कम। गलियाँ तंग होती जा रही हैं। मकानों पर मंजिलें बढ़ती जा रही हैं। हर गली में मकानों की बैठकें दुकानों, रेडियो की दुकानों, भल्ले वाले की दुकान, चाट वाले की दुकान, हलवाई की दुकान, आखिर इतनी दुकानों के लिए ग्राहक आएँगे कहाँ से? शायद ग्राहकों की कमी नहीं है। दिन दूने रात चौगुने बढ़ रहे हैं ऊपर वाले की दुआ से। शहर की माया कहाँ तक बखान की जाए। एक सिरे से शुरू करते हैं। सबसे पहले आता है जमुना पुल। दो पुल हैं, एक पुराना, एक नया। पुराना पुल ज्यादा मजबूत है लेकिन तंग है। किसी भी वाहन का बिना खरोंच लगे या दूसरे वाहन से टकराये निकलना मुश्किल है। इसके अलावा ये आपको एक ऐसे तिराहे पर लाकर छोड़ता है जहाँ से शहर के किसी भी कोने में पहुँचना नामुमकिन है।

नया पुल कोई तीन ही साल पहले बना है लेकिन ये अभी से टूटने लगा है। अक्सर इसके हिस्से टूट-टूटकर जमुना मैया की गोद में गिरते रहते हैं। इसलिए इस पुल को पार करने में पाँच मिनट से लेकर दो-तीन घण्टे तक लग जाते हैं। पुल पार करने के बाद शुरू हो जाता है 'नया आगरा' यानी नये सिनेमाघरों और रेस्टोरेंटों का जमघट। कमला नगर, नेहरू नगर, जज कम्पाउण्ड और एक तरफ दयाल बाग की बस्ती।

नेहरू नगर के चौराहे से शुरू हो जाती है एम.जी. रोड यानी महात्मा गाँधी मार्ग। अगर आगरा में कुछ है तो वो है एम.जी. रोड। इसके बिना आगरा एक बिना रीढ़ की हड्डी के इन्सान की तरह होगा। जो सीधा खड़ा नहीं रहेगा। असमर्थ होकर लुंज-पुंज होकर बैठ जाएगा। शहर की ये सबसे चौड़ी दोहरी सड़क है। इसी के किनारे है नगरपालिका, संजय प्लेस, रघु मार्केट, दीवानी, कचहरी, कलेक्टर का बंगला, सुभाष पार्क और सेंट जार्ज कालिज।

एम.जी. रोड के दूसरे छोर पर है सदर बाजार। सदर बाजार यानी लम्बी-चौड़ी दुहरी खुली सड़क, तरह-तरह के सामान से सजी-सँवरी लेकिन खरीदारों की कमी से वीरान, सुसज्जित दुकानें, बड़े-बड़े पार्किंग प्लेस, बड़े-छोटे होटल, पानी के फौव्वारे इत्यादि। सदर बाजार को आगरा का दिल कहना ठीक नहीं होगा क्योंकि शहर की धड़कन यहाँ नहीं है। इसे शहर की शान कहना भी अतिशयोक्ति होगी क्योंकि कनाट प्लेस की चकाचौंध यहाँ नहीं है। इसे तो किसी फौजी के सीने पर लटके एक बड़े चमकदार तमगे की ही संज्ञा देना उचित होगा। सुबह हो या दोपहर या शाम, सदर बाजार की एक दुकान पर भीड़ हमेशा नजर आती है। वह है टण्डन दर्जी के बगल वाली भल्ले और चाट की दुकान। शहर-भर के धन्ना सेठ और उनकी सौन्दर्यमयी, गौरवमयी पत्नियाँ और बहू-बेटियाँ जिन्होंने कभी भी अपनी लकदक नई कारों के अलावा किसी और सवारी से यात्रा नहीं की होगी, और जो मुगल शेराटन क्लार्क्स अवध से नीचे होटलों में चाय भी पीना पसन्द नहीं करते, हाथ में ढाक के पत्ते के बने दोनों को लेकर मुँह हल्के से खोले ललकती आँखों से गोलगप्पे वाले के चारों ओर घेरकर खड़े हो जाते हैं और लपक-लपककर गोलगप्पे खाते हैं और माँग-माँगकर पानी पीकर इनके चेहरों पर तृप्ति की गहरी लकीर खिंच जाती है। इसका असर आस-पास खड़े अपनी बारी का इन्तजार कर रहे अन्य लोगों से भी होता है और कभी-कभी वो सिसकारी जो खाने वालों के मुँह से निकलनी चाहिए, इनके मुँह से निकल जाती है।

एक ओर सदर है तो दूसरी ओर है हींग की मण्डी। हींग की मण्डी में केवल हींग ही बिकती हो ऐसा नहीं है। सबसे ज्यादा यहाँ बिकते हैं जूते। बड़े-बड़े झालों में भरे हुए काले, भूरे जूते। कारीगर हाथों से सिलकर जूते बनाकर झालों में भरकर लाते हैं और सैकड़ों के हिसाब से बेच देते हैं। खरीदने वाले होते हैं दुकानदार, दूसरे शहरों से आए हुए व्यापारी और दलाल।

किसी जमाने में बेलनगंज में बेलन बिका करते होंगे। अब तो जमुना किनारे बसी इस बस्ती में हलवा पराँठे से लेकर स्टील का फर्नीचर और लाल पत्थर तक सब कुछ बिकता है।

प्रोफेसर कालोनी में आगरा यूनिवर्सिटी का एक भी प्रोफेसर नहीं रहता, सारे

के सारे नामी गरामी डॉक्टर रहते हैं। स्किन स्पेशलिस्ट, गाइनोकोलाजिस्ट, इ. एन.टी. स्पेशलिस्ट, पैथालाजिस्ट यानी कि पूरा का पूरा आल इण्डिया इन्स्टीट्यूट यहाँ बसा है।

शहर आगरा पहले बसा या ताजमहल वहाँ पहले बना? इसमें कोई दो राय नहीं हो सकती, आगरा पहले बसा, ताजमहल बाद में बना। लेकिन अगर ये पूछा जाए कि क्या आगरा ताजमहल के बिना जिन्दा रह सकता था, तो इसमें भी दो राय नहीं हो सकतीं। ताजमहल के बिना यह शहर ऐसा होता जैसा आज है, यह नामुमकिन है। ताजमहल के बिना समय के थपेड़े, आगरा शहर के नामोनिशां को तो शायद न मिटा पाते, लेकिन किसी गाँव से ज्यादा इसका विकास होना सम्भव नहीं था।

शाहजहाँ ने जिस समय ताजमहल बनवाया उस समय के आगरा में और आज के आगरा में काफी फर्क है। इस फर्क को शाहजहाँ से बेहतर और कौन जान सकता है। शाहजहाँ की रूह आज भी इस शहर में चक्कर लगाती है। इस बात से आप सहमत हो सकते हैं, नहीं भी हो सकते, लेकिन ये बात है सही। अगर इत्मीनान न हो तो किसी भी दिन शाम को आप ताजमहल चले आइए और शाहजहाँ के मजार के पास बाहरी आँखें मींच कर दिल की आँखें खोलिए, फिर देखिए कि शाहजहाँ कितना बेचैन है अपने उस शहर के लिए जिसे उसने एक महकते गुलाब की तरह खूबसूरत बनाने की कोशिश की थी। तभी आप समझ पाएँगे उसके दिल की कसक। शाहजहाँ की मौत आगरा के किले की बन्द दीवारों के पीछे घुटे माहौल में हुई थी। मरते दम तक वो अपने आपको ताज और आगरा शहर से अलग नहीं कर पाया था। उसकी रूह को शान्ति कभी नहीं मिली थी। सालों चुप रहने के बाद, शाहजहाँ की रूह को ताज और आगरा शहर फिर से देखने की ललक उठी। उसने फिर से शहर देखने की ठान ली।

❑❑

शाहजहाँ की रूह हर शाम अपनी कब्र से निकलकर ताजमहल की गगन चुम्बी चारों मीनारों में से किसी एक पर जा बैठती थी। धीरे-धीरे शाहजहाँ का पूरा शरीर साकार हो उठता और शाहजहाँ बेकरार नजरों से अपने पुराने शहर को घण्टों बैठा देखता रहता। उसे एहसास था कि अब वो बादशाह नहीं है। बादशाहत तो जाने कब की चली गई, गुम हो गई, लुप्त हो गई कहीं अन्धकार में। लेकिन ये शहर उसके अपने खून-पसीने से सींचा हुआ शहर अपनी जगह मौजूद था। ताजमहल के आलीशान दरवाजे से अन्दर आती हुई लोगों की कतारें देखते ही बनती थीं, बड़े-बूढ़े-जवान, देशी-विदेशी हिन्दू, सिख, मुसलमान उसकी बनाई हुई

संगमरमर की इस बेमिसाल इमारत को देखने चले आते थे। इस बात का सुकून था उसे। यही तो वह चाहता था कि आनेवाली पीढ़ियाँ उसको याद करें, उसकी तारीफों के पुल बाँध दें। लेकिन ताजमहल को देखने वालों की तादाद इस कदर बढ़ जाएगी, इसका उसे अन्दाज नहीं था। कहाँ से आ गए हिन्दुस्तान में इतने लोग। नरमुण्ड ही नरमुण्ड। धक्का-मुक्की, न टूटनेवाली लम्बी कतारें!! चाँदनी रातों को संगमरमर का फर्श दिखाई देना तक बन्द हो जाता है। चारों ओर लोग ही लोग। कहीं हँसी-ठट्ठा हो रहा है, कहीं पूरी खाकर पिकनिक मनाई जा रही है, कहीं बच्चे दौड़-दौड़कर आफत मचाए हैं। इस भीड़ में ताजमहल को देखनेवाले कम और भीड़ को देखने वाले अधिक होते हैं। रंग-बरंगे परिधान पहने लड़कियाँ और उनके पीछे शरारत-भरे गाने गाते, छींटाकशी करते लड़के। 'ला हौल विला कूवत! क्या इसीलिए ताजमहल आते हैं लोग।'

शाहजहाँ ने ये चाहा जरूर था कि लोग आएँ और उसके बनाये हुए मजार को देखें, लेकिन ये कभी नहीं चाहा था कि जहाँ वो अपनी बेगम मुमताजमहल के साथ चिरनिद्रा में सोया हो वहाँ शोरगुल मचाकर चिरनिद्रा को भी तोड़ने की कोशिश की जाये। कब्र के पास खड़ा मौलवी गुम्बद की ऊँचाई बताने के लिए हर मिनट आवाज लगाता है, अल्लाहऽऽ! और फिर लोग उसकी कब्र पर पैसे चढ़ाते हैं। क्यों? हिन्दुस्तान के सबसे रईस मुगल बादशाह की कब्र पर बिखरे दो-चार रुपये के कागजी नोट। अपने मजार को किसी पीर के मजार की शक्ल देकर पैसा बटोरने की इस कोशिश को देखकर शाहजहाँ गुस्से से भर उठता था और कुछ न कर पाने की बेबसी से उसका दिल अक्सर टूटने लगता था।

अक्सर शाहजहाँ की नजर ताजमहल के पीछे बहती जमुना की ओर चली जाती थी और तब उसे वहाँ का नजारा देखकर लगता जैसे किसी ने उसकी पीठ में पीछे से छुरी भोंक दी हो। ताजमहल को उसने नदी के किनारे बनाया था। नदी का पारदर्शी जल, ताजमहल की चारदीवारी से छूता हुआ बहता था। नदी के उस पार जंगलात से निकलकर बगुलों की कतारें आसमान में बिखर जाती थीं। शाम के वक्त सूरज सतरंगी किरणें बिखेरता धीरे-धीरे जमुना के पानी में डूब जाता और आसमान में छिपे तारे बेफिक्र होकर चमकने लगते थे। इन तारों के बीच झिलमिलाता ताज का संगमरमरी गुम्बद हृदय चुरा लेने वाली दृष्टि पैदा करता था। और अब? नदी के नाम पर एक पतली धार, ताजमहल से कई फर्लांग दूर! खाली पड़ी जमीन पर गन्दगी के ढेर, धोबीघाट और गाय-भैसों का स्वच्छन्द विचरण! शाहजहाँ अपनी दृष्टि दूसरी ओर फेर लेता।

शहर की तरफ खुलने वाले गेट के बाहर का नजारा तो बिलकुल ही बदल गया था। चारों तरफ कबूतरखाने ही कबूतरखाने! शाहजहाँ तो खुद कबूतर उड़ाने का बड़ा शौकीन था। लेकिन मुसीबत तो ये कि इन कबूतरखानों में कबूतर नहीं,

आदमी रहा करते हैं। पतली गलियाँ, दस फीट ऊँची छत वाले घर, नालियों में कीचड़, साँस लेने को हवा नहीं, कबूतरखाने नहीं तो और क्या? इन्हीं सब बातों को सोचते-सोचते रात के बारह बज जाते और शाहजहाँ फिर वापस अपनी कब्र में जाकर लेट जाता।

ऐसे ही एक दिन शाहजहाँ ताजमहल की मीनार में बैठा आस-पास की हलचल की आहट ले रहा था। कुछ दिनों से वजीरे आजम भी उसके साथ आकर बैठने लगे थे। वजीरे आजम खान ए खाना की कब्र ताजगंज के एक कोने में बनी हुई है। शाहजहाँ ता जिन्दगी वजीरे आजम के सलाहमशविरे से काम करता रहा था। मुमताजमहल की मौत के बाद वो और अकेला हो गया था। उसे सिर्फ दो लोगों का सहारा था। अपनी प्यारी बिटिया जहाँआरा और वजीरे आजम खान ए खाना का। इस समय जब कि वो बादशाह नहीं था, बादशाहत गुजरे सैकड़ों साल गुजर चुके थे, आगरा शहर का नक्शा बदल गया था, उसे वजीरे आजम की सख्त जरूरत थी। वजीरे आजम ने भी पूरा साथ दिया। वो रोज शाम को शाहजहाँ के साथ ताज की मीनार पर बैठते और शाहजहाँ के सवालों का जवाब देते। ऐसे ही एक दिन दोनों लोग अपने-अपने ख्यालों में खोये हुए थे। अचानक दूर क्षितिज में शाहजहाँ को नई चीज दिखाई दी। उसे समझ में नहीं आया ये क्या है? उसने अपनी आँखें लपकाईं, अपनी गर्दन को झटका दिया और फिर देखा। एक, दो, तीन, चार और पाँच...एक, दो, तीन, चार और पाँच। उसने फिर अपनी याददाश्त पर जोर डाला। उसने तो ताजमहल में चार ही मीनारें बनाई थीं। यह पाँचवीं मीनार कहाँ से आ गई? विश्वास नहीं हो रहा था उसको अपनी आँखों पर। ध्यान से देखने पर उसे पता चला, ये पाँचवीं मीनार बाकी चार मीनारों से काफी अलग थी।

"वज़ीरे आज़म, ये पाँचवीं मीनार कैसे दिखाई दे रही है?" उसने पूछा।

"आलीजहाँ, हिन्दोस्तान अब काफी आगे बढ़ गया है, ये टेलीविजन की टावर है।" वज़ीरे आज़म ने कहा।

वज़ीरे आज़म ने फिर उसे टेलीविजन के बारे में विस्तार से बताया। कहीं कुछ भी हो रहा हो, महलात में बैठे-बैठे सारा नजारा देखा जा सकता था। "आलम पनाह, ये टेलीविजन गजब की चीज है। टेलीविजन स्टेशन पर कैमरे से तस्वीर खींचकर किरणों में बदल दी जाती है। ये किरणें आसमान में होती हुई टेलीविजन टावर की गिरफ्त में आती हैं और आगरा का स्टेशन इन्हें दुबारा आसमान में फेंकता है।" शाहजहाँ को अपनी जिन्दगी का वो खौफनाक दौर याद आ गया जब औरंगजेब ने उसे किले में कैद कर दिया था और वो सारा दिन ताजमहल की ओर देखता रहता था। क्या ही अच्छा होता अगर ये टेलीविजन उसके जमाने में होता।

शाहजहाँ ने ताजमहल की पाँचवीं मीनार की मौजूदगी से समझौता कर लिया।

कैसी भी हो, थी काम की चीज। बातें करते-करते रात के बारह बज चुके थे। शाहजहाँ वापस कब्र में लौट गया।

❑❑

हर छोटे-बड़े शहर में एक बड़ी अनाज की मण्डी होती है जिसमें आसपास के गाँवों, छोटे-बड़े कस्बों से अनाज, दाल, चावल आदि आकर बिकता है। छोटी-बड़ी दुकानें, दुकानों के अन्दर तख्तों पर बैठे हिसाब करते हुए मुंशी, बाहर चबूतरों पर स्तूपनुमा अनाज के ढेर, मण्डी को किसी भी बाजार से अलग करते हैं। इस मण्डी का सबसे महत्त्वपूर्ण अंग होता है कमीशन एजेण्ट यानी आढ़तिया जो अपनी आढ़त पर किसान का गेहूँ खरीदकर उपभोक्ता यानी शहर की अनगिनत भुक्खड़ जनता को बेचता है और इन दोनों की मजबूरी का फायदा उठाकर अपनी जीविका चलाता है। किसान की मजबूरी कि वह अपना अनाज थोड़ा-थोड़ा करके नहीं बेच सकता और उपभोक्ता की मजबूरी कि वो एक साथ कई बोरे गेहूँ-चावल की खरीद नहीं कर सकता और न ही दस-पन्द्रह किलो गेहूँ खरीदने शहर से पचास किलोमीटर दूर गाँव जा सकता। इन दोनों की परेशानी दूर करता है आढ़तिया; इस हाथ खरीद उस हाथ बेचकर। आढ़तिया नाम के इस उद्यमकर्मी को अलग-अलग दृष्टियों से देखा जाता है। अपनी नजर में आढ़तिया एक अत्यन्त मेहनतकश, ईमानदार, बिजनेसमेन है जो अकारण ही शासन के विभिन्न विभागों द्वारा प्रताड़ित किया जा रहा है जबकि 'मुनाफा' दिन-ब-दिन कम होता जा रहा है।

साधारण उपभोक्ता की दृष्टि में वो एक 'मुनाफाखोर' अवसरवादी है जो लगातार जनता का खून चूस रहा है और बढ़ती हुई महँगाई की जड़ है जिसके बारे में प्रेमचन्द अपने उपन्यासों में बहुत पहले ही लिख चुके हैं। उच्च आय वर्ग की नजर में उसका महत्त्व उतना ही है जितना कि दाल-रोटी का, यानी समाप्तप्राय क्योंकि अब हिन्दुस्तानी उच्च वर्ग रोटी की जगह डबल रोटी खाता है और उसके हाउस होल्ड ऐक्सपैण्डीचर में अनाज का अस्तित्व टोमेटो सॉस, पैकेट मटर, पोटेटो बेकरर्स, टिन्नड बीन्स, चिकिन कलेवर, मेगी नूडल्स, फास्ट फूड पैकेट्स के बीच दबकर रह गया है। लेकिन मण्डी इन्स्पेक्टर की दृष्टि में आढ़तिया कामधेनु गाय है जिसको वह वर्षों से दुहता चला आ रहा है। वास्तविकता में? वास्तविकता के बारे में केवल इतना ही कहा जा सकता है कि सभी आढ़तिया एक जैसे नहीं होते हैं और न ही सबके सब अन्धाधुन्ध मुनाफा कमाकर मालामाल होते हैं।

आगरा शहर में भी अनाज की कई मण्डियाँ हैं। इन्हीं में से एक मण्डी में छक्कन लाल की छोटी-सी आढ़त की दुकान थी।

छक्कन लाल के पिता मक्खन लाल के पिता घीसा लाल पुराने जमाने से आढ़त का धन्धा करते चले आ रहे थे। कहने का मतलब ये कि छक्कन लाल के यहाँ गेहूँ, जौ, चना, मटर, लाही का काम पुश्तैनी था और तकरीबन पिछले सौ साल से चला आ रहा था। इन सौ साल के धन्धे के बावजूद छक्कन लाल के कुनबे की आर्थिक दशा वही की वही थी। हर साल गेहूँ मन्दा होता फिर तेज होता। छक्कन लाल को फायदा हो जाता था। चना सस्ता होता, छक्कन लाल खरीदता, महँगा होता तो बेच देता। कायदे से उसको हर साल पहले से ज्यादा 'मालदार' हो जाना चाहिए था। लेकिन ऐसा हो नहीं पा रहा था। वजह अगर गेहूँ तेज होता तो चना मन्दा हो जाता। अगर चना महँगा होता तो लाही में गिरावट आ जाती। यदि लाही में उछाल होती तो मूँग दाल के भाव टूट जाते। कहीं-न-कहीं चीज में कुछ गड़बड़ हो ही जाती थी।

छक्कन लाल आढ़तिया एक 'ईमानदार' व्यापारी था। जो भी 'सरकारी आदेश' उसे मिलता वो उसका अक्षरशः पालन करता था। इसके लिए सरकार के यानी 'खाद्य तथा रसद विभाग' का मार्केटिंग इन्स्पेक्टर था। इन्स्पेक्टर कहता, 'गेहूँ बाहर भेजना मना है' तो वो गेहूँ बाहर भेजना बन्द कर देता। इन्स्पेक्टर कहता, 'सिर्फ 25 किलोग्राम ही एक दिन में बेचना तो, वो एक दिन में पच्चीस किलोग्राम गेहूँ ही बेचता। 'लैसन्स' वो हर साल बनवाता था। 'इन्स्पेक्टर साहब' लैसन्स और उसकी फीस ले जाते, फिर छह महीने बाद दे जाते। छह महीने बाद फिर लैसन्स 'रिनूवल' का समय हो जाता था और फिर लैसन्स चला जाता था। इस तरीके से साल में ज्यादातर समय वो बिना लैसन्स के ही रहता था।

छक्कन लाल के लिए लैसन्स का होना उसकी जिन्दगी का एक हिस्सा था। 'इन्स्पेक्टर साहब' ने उसे बताया था कि बिना लैसन्स के व्यापार करना जुर्म है। इसलिए लैसन्स पास न होने पर उसे लगता था कि वो लगातार जुर्म कर रहा है। लेकिन इन्स्पेक्टर साहब का वरद हस्त उसके ऊपर था। जुर्म करने पर भी छक्कन लाल का बाल बाँका नहीं हुआ। इसलिए छक्कन लाल इन्स्पेक्टर साहब को भगवान का कलयुगी अवतार मानता था और दिन-रात अबेर-सबेर उनकी पूजा में लगा रहता था। फिर भी छक्कन लाल की हालत किसी स्कूल के बच्चे से भी बदतर थी; अगर उसे अपनी दुकान बन्द करनी होती तो उसकी भी सूचना उसे 'इन्स्पेक्टर साहब' को लिखकर देनी होती। दुकान खुली रहे और वो दुकान पर मौजूद न हो तब भी मुसीबत। उसका लड़का दुकान पर बैठता तो दुकान खाली नहीं मानी जाती थी। इन्स्पेक्टर साहब चेकिंग पर आते और लड़के से कागजात माँगते तो लड़का कहता, 'पिताजी को मालूम है।' बस इसी बात पर चालान हो जाता था। फिर उसे बड़े साहब के दफ्तर दो-तीन महीने लगातार चक्कर लगाने पड़ते थे।

छक्कन लाल की जिन्दगी में सबसे भयावह वो दिन होता था जब उसके

'इन्स्पेक्टर साहब' का तबादला हो जाता था। उसको खास तकलीफ 'इन्स्पेक्टर साहब' के जाने की वजह से नहीं बल्कि 'नये इन्स्पेक्टर साहब' के आने से होती थी। नये साहब के आते ही पूरे बाजार में अजीब-सी हलचल मच जाती थी। सारे दुकानदार अपने कागजात दुरुस्त करने में लग जाते थे। कुछ लोग 'मार्केटिंग दफ्तर' के इर्द-गिर्द अपने 'जासूस' छोड़ देते थे, 'नये साहब' का मिजाज पता लगाने के लिए। एक बात सब जानते थे कि बाजार में एक 'रेड' जरूर होगी। इस 'रेड' की आशंका में दुकानदारों की आँखें अनायास ही कभी बाजार में आने वाली सड़क की ओर उठतीं, कभी दुआ माँगने के लिए आसमान की ओर। वे जानते थे, कि 'रेड' होनी है और होकर रहेगी। इसी ऊहापोह में वो रात को सो भी नहीं पाते थे। छक्कन लाल भी नहीं...

इसी छक्कन लाल की दुकान के बगल में दूसरी आढ़त की दुकान थी। जिसका मालिक था गरीबचन्द कापड़िया। ये दुकान बहुत बड़ी थी और दुकान के साथ ही लगा हुआ अन्दर की ओर एक बड़ा भारी गोदाम भी था। फर्म का नाम गरीबचन्द एण्ड सन्स। कापड़िया इस मार्केट का सबसे दबंग, इन्स्पेक्टर से न दबने वाला आढ़तिया माना जाता था। सब लोग जानते थे कि कापड़िया सरकार के हर आदेश का बराबर उल्लंघन करता था। अगर आदेश हो कि स्टॉक लिमिट पच्चीस कुण्टल की है तो उसके यहाँ कम से कम पाँच सौ कुण्टल गेहूँ कभी भी देखा जा सकता था।

चावल प्रदेश के बाहर भेजने पर रोक के बावजूद वो चावल बाहर भेजता था। रेट-लिस्ट लगाने, स्टाक-रजिस्टर सही तरीके से रखने की उसने कभी चिन्ता नहीं की। सरकारी आदेशों का लगातार, बार-बार खुला उल्लंघन करते हुए दुकान चलाने व मुनाफा कमाने की शोहरत की वजह से मार्किट में उसकी बड़ी साख थी। सब लोग उसका दबदबा मानते थे। हर इन्स्पेक्टर के लिए वो सिरदर्द साबित होता था। उसके यहाँ कई बार 'रेड' हुई, एक बार जेल भी गया, लेकिन उसकी दुकान अपनी जगह बरकरार रही। पहली बार जेल जाने से पहले वो थोड़ा-बहुत 'सरकारी आदेशों' की परवाह करता भी था, लेकिन जेल में दो दिन काटने के बाद उसका रहा-सहा डर भी जाता रहा। अब उसका व्यापार दिन दूना रात चौगुना बढ़ रहा था और वो 'दूधों नहा रहा था, पूतों फल रहा था।' लक्ष्मी बरस रही थी, चार लड़के भी थे, संड-मुसंडे।

मण्डी में जब भी कोई नया निरीक्षक या वरिष्ठ निरीक्षक आता, तो एक माह के अन्दर या तो वो गरीब कापड़िया का दुश्मन हो जाता और उसका तबादला हो जाता या कापड़िया का दोस्त बनकर असमय उसकी जेब में आ जाता। ज्यादातर निरीक्षक और वरिष्ठ निरीक्षक गण उसके दोस्त बनकर उसकी जेब में रहते। जो एक-दो खरदिमाग आते वो महीने-दो महीने में चल बसते।

गरीबचन्द कापड़िया में एक खूबी थी, वो कड़ी मेहनत करता था और दूर की सोचता था। और इसी के बलबूते पर आढ़त की दुकान के साथ-साथ आटा मिल भी लगाने वाला था।

❑❑

आगरा शहर से एक सौ बीस किलोमीटर दूर, बियावान जंगल में बना हुआ है एक छोटा रेलवे स्टेशन। छोटे शहर में। आगरा जैसी चहल-पहल यहाँ नहीं है। दिन में भी बाजार में कोई ज्यादा भीड़भाड़ नजर नहीं आती। लेकिन रात में तो इस शहर को कोई शहर नहीं कहा जा सकता। शाम के सात बजे के बाद बाजार बन्द हो जाता है, चहल-पहल खत्म हो जाती है। नौ बजते-बजते चारों ओर सुनसान वातावरण हो जाता है। दूर-दूर तक कोई आदमजात नहीं दिखाई देता। रेलवे स्टेशन शहर से कुछ दूर है। यहाँ सूनापन ही नहीं, शाम को दहशत का ही वातावरण रहता है। रेलगाड़ियाँ भी बहुत कम आती हैं। अक्सर बिजली चले जाने से पूर्णतया अन्धकार भी रहता है। ऐसे सुनसान, रेलवे स्टेशन पर अक्टूबर के महीने में रात को एक बजे बहुत चहल-पहल थी। जरूरत से ज्यादा चहल-पहल थी। एक सौ वैगनों वाली लम्बी मालगाड़ी पैसेंजर प्लेटफॉर्म पर खड़ी थी। वैगनों में गेहूँ लादा जा रहा था। करीब दो सौ ट्रकों की कतार रेलवे स्टेशन के आगे लगी हुई थी। दनादन गेहूँ के बोरे ट्रकों से उतारकर रेलवे वैगनों पर लादे जा रहे थे। एक ट्रक खाली होने में आधा घण्टे से ज्यादा समय नहीं लग रहा था; जैसे ही ट्रक खाली होते, दूसरे ट्रक की अनलोडिंग शुरू हो जाती। कोई हंगामा नहीं, कोई शोर-शराबा नहीं, सारा काम केवल इशारों पर ही हो रहा था। ट्रक ड्राइवर, पल्लेदार, यार्डमैन, सबके सब यन्त्रवत कार्य कर रहे थे। सबका एक ही उद्देश्य था। जल्दी से जल्दी, मालगाड़ी में ज्यादा से ज्यादा गेहूँ के बोरे लादकर रवाना कर दी जाये और गेहूँ प्रदेश की सीमा से बाहर पहुँच जाये। लगनशीलता, कर्मठता की पराकाष्ठा का नमूना इस समय यहाँ देखा जा सकता था।

इन लोगों की इस कर्मठता के पीछे एक खास मकसद था। उत्तर प्रदेश में गेहूँ की कीमतें पिछले दो महीनों से आसमान छू रही थीं। नई फसल आने में छह महीने की देर थी, अक्टूबर के महीने में ही गेहूँ तीन रुपये किलो बिक रहा था। दिल्ली-मुम्बई के बाजारों में गेहूँ के दाम दो गुने से तीन गुने तक थे। प्रदेश से काफी मात्रा में गेहूँ बाहर जा रहा था। इस पर रोक लगाने के लिए, परमिट पर गेहूँ बाहर भेजने की व्यवस्था थी। परमिट आगरा के कार्यालय से जारी किये जाते थे। यह व्यवस्था पिछले छह माह से जारी थी। अब चूँकि

गेहूँ के दाम बढ़ते ही जा रहे थे, इसलिए सरकार ने एक दिन पूर्व से गेहूँ के प्रदेश से बाहर जाने पर पूरी रोक लगा दी थी।

इस सेवा की सूचना व्यापारियों के लिए वज्रपात जैसी थी। गेहूँ बाहर भेजने के लिए उन्होंने तमाम सौदे किये हुए थे। सूचना पहले आगरा के कार्यालय में आई थी। वहाँ से सभी आसपास के जनपदों के लिए आदेश निकलने वाला था। इस आदेश के आसपास के शहरों में पहुँचने में कम से कम एक दिन लगने की सम्भावना थी। इस बीच व्यापारियों के 'शुभचिन्तकों' ने यह सूचना टेलीफोन से इस छोटे शहर में भेज दी। इस सूचना के मिलते ही बाजार में खलबली मच गई। व्यापारियों के लिए लाखों रुपये के फायदे और नुकसान का सवाल था। उन्होंने इन चौबीस घण्टों के समय का पूरा सदुपयोग करने की ठान ली। रातोंरात गेहूँ के परमिट लेने की जितनी दरख़्वास्तें थीं, सब इकट्ठी कर आगरा पहुँचा दी गईं। उन दरख़्वास्तों पर धड़ाधड़ परमिट जारी किये गए। उधर परमिट जारी हो रहे थे और इधर गेहूँ लद रहा था।

पूरी गाड़ी सुबह पाँच बजे लदकर तैयार हो गई और अपने गन्तव्य स्थान की ओर कूच कर गई। ज्यादातर व्यापारियों को परमिट मिल गए थे और उनका गेहूँ लद गया था। कुछ ऐसे भी हतभागे थे जिन्हें परमिट नहीं मिल सका था। ऐसे असन्तुष्ट तत्त्वों ने शिकायतों का एक पुलिन्दा इकट्ठा कर शासन में भेज दिया। चूँकि एक-दो ट्रक नहीं पूरी की पूरी मालगाड़ी का मामला था, दब न सका। आगरा के वरिष्ठ अधिकारी का तबादला हुआ, और कई कर्मचारी निलम्बित हो गए। एक नये अधिकारी कुमार साहब की नियुक्ति आगरा के लिए की गई।

❑❑

हाथ में सूटकेस लिये कुमार साहब गाड़ी से उतरे। इधर-उधर ताका। कोई चपरासी नजर नहीं आया। सूटकेस उठाकर बाहर जाने वाले रास्ते की ओर चल दिये। अचानक नजर दरवाजे के पास खड़े एक आदमी पर पड़ी। पतला, काला, गालों में गड्ढे पड़े हुए। पान चबा रहा और हर आते-जाते मुसाफिर को घूर कर देख रहा था। आँखों में कौतूहल लिये उसने कुमार साहब की ओर देखा। बोला, "क्या आप?"

कुमार साहब ने बिना पूरी बात सुने ही कहा, "हाँ, मैं कुमार...।"

"नमस्कार साब", उसने दोनों हाथ जोड़कर झुकते हुए कहा, "मैं बंसल डिप्टी, जरनी कैसी रही साब?" और उसने लपककर कुमार साहब का सूटकेस ले लिया। स्टेशन के बाहर आकर वे लोग जीप में बैठ गए।

"कार नहीं आई?" कुमार साहब ने पूछा। उन्हें पता था, दफ्तर में कार है।

"ड्राइवर बीमार है," डिप्टी साहब ने जवाब दिया।

थोड़ी ही देर में ये लोग डाक बंगले पहुँच गए। छह-सात आदमी वहाँ मौजूद थे। कमरे में अन्दर गए, तीन आदमियों ने कुर्सियों से उठकर वहाँ भी नमस्ते की। कुमार साहब बैठ गए। वे खड़े होकर उन्हें बराबर देखते रहे। कुमार साहब जरा भी करवट लेते या हाथ हिलता, वे सब उसी दिशा में झुककर एक साथ कहते, "क्या चाहिए साहब, अभी लाए देते हैं।" आखिर तंग आकर कुमार साहब ने कहा, "आप सब बाहर चलें, मैं थोड़ा आराम करूँगा।" वे लोग बाहर जाकर दरवाजे से सटकर खड़े हो गए।

नाश्ता करने के बाद कुमार साहब को आफिस जाना था। याद आया कि जूतों पर पालिश नहीं है। कुमार साहब ने बाहर से अर्दली को बुलाकर कहा, "भई यहाँ कोई मोची हो तो जूतों पर पालिश करा दो।"

आधा घण्टे बाद कुमार साहब ने तैयार होकर अर्दली को आवाज लगाई, "अरे भई, जूते पालिश हो गए क्या?"

"हुजूर, अभी आए नहीं हैं," अर्दली ने बाहर से जवाब दिया।

"जूते कहाँ गए?" कुमार साहब ने झल्लाते हुए पूछा।

"हुजूर, इन्स्पेक्टर साहब ले गए हैं स्कूटर पर पालिश कराने," अर्दली ने उन्हें बताया। इस तरह उत्तर के बाद कुमार साहब सिवा प्रतीक्षा के और कुछ नहीं कर सकते थे।

शाम को छह बजे आफिस से गेस्ट हाउस के कमरे में आकर सुस्ता रहे थे। डिप्टी साहब श्री बंसल हाथ में दो फाइलें पकड़े आ गए। बोले, "सर, ये मामला बड़ा पेचीदा है। पिछले बड़े साब तो टालते रहे, अब आप..." कुमार साहब ने उनको बात पूरी करने का मौका दिये बगैर टोका, "भई अभी तो मैं थका हुआ हूँ फिर कभी," "जी-जी, अच्छा, ठीक है, मैं बाद में आऊँगा।" वे चले गए।

रात को दस बजे खाने के बाद वे फिर सिगरेट सुलगाकर बैठे थे। डिप्टी साहब पुनः हाथ में फाइल पकड़े आ गए। बोले, "सर, अगर आप थक न गए हों तो ये फाइलें..." कुमार साहब ने उन्हें फिर बीच में टोकते हुए कहा, "भई इन्हें छोड़ जाइए, मैं कल देखूँगा।" डिप्टी साहब चले गए, लेकिन कुमार साहब को विश्वास पक्का हो गया कि आगरा के इस दफ्तर में जन-सेवा का कार्य बहुत तेजी से होता है और डिप्टी साहब उन्हें पूरा करने में दिन-रात बिना आराम किये लगे रहते हैं।

कुमार साहब की पोस्टिंग खाद्य-विभाग में बड़े ओहदे पर आगरा में हुई थी। इस ओहदे के बारे में उन्होंने बड़े-बड़े किस्से सुन रखे थे। ज्वाइन करने से कई लोगों ने मना भी किया। एक साहब ने कहा, "अरे कहाँ फँस गए भाई, कलेक्टर बनकर जाते तो...।" एक साहब के मुँह से भविष्यवाणी हुई, "भई

ये तो काजल की कोठरी है, शायद ही कोई बेदाग निकले।" "हर साल कोई-न-कोई काण्ड होता है," तीसरे साहब ने कहा।

इन सबके साथ एक अनजान व्यक्ति ने भी मना किया था टेलीफोन पर। आगरा जाने से एक दिन पहले टेलीफोन की घण्टी बजी तो कुमार साहब की पत्नी ने टेलीफोन उठाया। कुमार साहब घर पर नहीं थे। उधर से आवाज आई, "देखिए मैं दुर्लभ सिंह राजपूत बोल रहा हूँ, आगरा से। कुमार से कह दीजिए, यहाँ आकर ज्वाइन करने की कोशिश न करें, उनसे नहीं चल पायेगा। अगर आए तो मुश्किल कर देंगे।"

लेकिन कुमार साहब को तो ज्वाइन करना था, सो किया।

❑❑

कुछ दिन डाकबंगले में रहने के बाद कुमार साहब को आफिसर कालोनी में ए श्रेणी का मकान एलाट हो गया। आगरा में दो आफिसर कालोनी हैं। पहली है 'कलेक्टर कम्पाउण्ड' जो कि ठीक कलेक्टर के बंगले के अगल-बगल और चारों ओर फैली हुई है। किसी जमाने में जिस जमीन में कालोनी बनी है वह शायद कलेक्टर के बंगले की जमीन थी। बाद में इसी जमीन में कालोनी बना दी गई। कालोनी बनाने का ये रिवाज काफी जगह प्रचलित है। दूसरी कालोनी है 'जज कम्पाउण्ड'। यह कालोनी जिला जज के बंगले की जमीन काटकर बनाई गई है। कुमार साहब को जज कम्पाउण्ड में ही मकान एलाट हुआ था।

नेहरू नगर के पीछे बसी हुई इस आफिसर्स कालोनी की न तो कोई शुरुआत है और न कोई अन्त। जैसे जमीन का कोई टुकड़ा साफ कर बीचोंबीच बसा दी गई हो। एक रास्ता जाता है, मथुरा रोड की ओर से जहाँ उच्चतम श्रेणी के बिना चारदीवारी के मकान बने हैं। इन मकानों में आई.जी., जज साहबान, इन्कम टैक्स कमिश्नर जैसे उच्च अधिकारियों का वास है। कालोनी में घुसने का दूसरा रास्ता अंजना सिनेमा के पास से होता हुआ नेहरू नगर के बीच से गुजरता है। तीसरा रास्ता पालीवाल पार्क की ओर से है। इस रास्ते से अन्दर घुसने पर सबसे पहले मिलता है कूड़े का एक बहुत बड़ा ढेर जिस पर शूकर जाति के जानवर दिन में भी विचरण करते हैं। इस रास्ते की इस विशेषता के कारण यहाँ से कोई भी व्यक्ति बिना नाक दबाए नहीं निकलता है।

कुमार साहब जब पहली बार इस रास्ते से अपनी गाड़ी से कालोनी में दाखिल हुए तो उन्हें एक बड़ा अजीबोगरीब दृश्य देखने को मिला। करीब शाम के आठ बजे का समय था। कूड़े के ढेर से आगे निकलते ही सड़क के किनारे एक कतार में बैठी हुई औरतें गाड़ी के पास आते ही उठकर खड़ी हो जाती हैं

और गाड़ी की हेड लाइट के दायरे से बाहर होते ही फिर बैठ जातीं। औरतों की यह लम्बी कतार लगभग आधा फर्लांग लम्बी रही होगी। उस दिन कुमार साहब को इसका रहस्य समझ में नहीं आया। इस रहस्य की गुत्थी तब सुलझी जब उनको चौकीदार ने बताया कि कालोनी के पिछवाड़े बनी बस्ती की औरतें इस जगह उस समय से पेट हल्का करने आती थीं जब ये कालोनी यहाँ नहीं थी। कालोनी बनने के बाद भी उन्होंने अपनी आदत नहीं बदली और अब वे अफसरों के दुमंजिला मकानों के ठीक सामने बैठकर इस नित्यकर्म को निबटाती हैं।

कालोनी में बने उच्च श्रेणी के मकानों का नक्शा निर्माण विभाग के किसी अतियोग्य इंजीनियर ने देश के स्वतन्त्र होने के पहले बनाकर तैयार किया था और यह आज तक अपनी जगह बदस्तूर चला आ रहा है। सबसे पहले गेट बिना चारदीवारी के। उसके बाद लान से होता हुआ पोर्च को रास्ता। पोर्च में चार दरवाजे दिखाई देते हैं। पहला दरवाजा बाहरी गेस्ट रूम के लिए, दूसरा दरवाजा छोटे आफिस के लिए, तीसरा दरवाजा गैलरी के लिए और चौथा दरवाजा ड्राइंग-कम-डाइनिंग के लिए। अन्दर बड़ा-सा आँगन और दो बेडरूम। इसके अलावा इन मकानों की एक खास बात यह है कि इनकी दीवारें गारे से बनी नजर आती हैं। अन्दर छतों से प्लास्तर के टुकड़े अनायास ही टपक पड़ते हैं। कदाचित् इन मकानों को बनाते समय 'लो कास्ट हाउसिंग' पद्धति का प्रयोग करते हुए बिना सीमेण्ट के बनाने की कोशिश की गई थी जो काफी हद तक कामयाब भी रही।

लान के चारों ओर कोई दीवार या लोहे के तारों की बाउण्ड्री भी नहीं है। अक्सर पीछे की बस्ती से बकरियों के झुण्ड घास चरने आ जाते हैं। एक बार किसी उच्च अधिकारी ने सीधे ही उन बकरी वालों से बात की तो टका-सा जवाब मिला, "हजूर पहले वाले साहब ने तो कभी मना नहीं किया। हम तो बरसों से बकरी चरा रहे हैं, अब कहाँ जायें बता।"

इन उच्च श्रेणी के घरों के पीछे एक बड़ा-सा मैदान है जो हर शाम को संगीतमय हो उठता है जब पीछे की बस्ती में रहने वाले धोबियों के गधे कोरस में गाने लगते हैं। इसके साथ दिन में कभी-कभी शूकर जाति के पालतू जानवरों की चीख-पुकार सुनाई पड़ती है। ऐसा तब होता है जब उनके मालिक लोग उनके बाल उतारकर जूते साफ करने के ब्रुश तैयार करते हैं। इसके अलावा अन्य प्रजातियों के पशु जैसे गाय, भैंस, बैल, भेड़ इत्यादि भी यदा-कदा बाहर लान में दिखाई पड़ जाते हैं। इन सबके रहते किसी भी प्रकार की झाड़ी का चारदीवारी पर रहना नामुमकिन है यदि रह भी जाती है तो हर होली के मौके पर बस्ती वाले इसे काटकर आग में झोंक देते हैं।

कालोनी में मध्य श्रेणी के दोमंजिले मकान हैं। इन मकानों के आगे हमेशा आधा-आधा फुट पानी भरा रहता है जो कि इन्हीं मकानों के रसोई-घरों से बहकर आता है। मकानों के सामने रोज शाम को नित्य कर्म का दृश्य पैदा होता है लेकिन एक तरह से यह मकान प्रथम श्रेणी के मकानों से अच्छे हैं। इन मकानों में बकरियाँ चरने नहीं आती हैं। न्यूनतम यानी कि सी और डी कैटेगरी के मकानों में बाबू लोग और चपरासीगण निवास करते हैं। इनमें से कई मकानों में टाइपिंग स्कूल, संगीत विद्यालय, बच्चों के नर्सरी स्कूल, चाय-पान की दुकानें, सिलाई-कढ़ाई केन्द्र इत्यादि चल रहे हैं। कुछ मकानों में जनसंख्या इतनी है कि हर समय लड़ाई-झगड़ा होता रहता है। काफी चहल-पहल रहती है यहाँ।

कुल मिलाकर यह कालोनी, दर्शनीय न होते हुए भी अविस्मरणीय है। कुमार साहब को 'चार्ज' लिये एक सप्ताह हो चुका था। एक बात उनकी समझ में आ गई थी। खाद्य विभाग के कार्यालय का एक खास कार्य था, वस्तुओं की कालाबाजारी रोकना। इसके लिए आकस्मिक निरीक्षण यानी 'रेड' करने की आवश्यकता होती थी। किसी भी 'रेड' की सफलता पूर्व सूचना की सफलता पर निर्भर करती थी। सूचना तभी सही होती थी जब व्यापारीगण आपसी दुश्मनी के कारण सूचना देते थे। टेलीफोन के माध्यम से खबर मिलती थी। एक दिन शाम को पाँच बजे खबर मिली, 'जमुना पार खाद्यान्न के कई बड़े गोदाम पकड़े गए हैं। तुरन्त इंस्पेक्टर और अधिकारी भेजे जायें।' फौरन आदेश दिये गए, तुरन्त फ्लाइंग स्क्वैड, व अधिकारी 'मौके' पर पहुँच गए। कुमार साहब, ए.डी.एम. साहब मय पुलिस फोर्स भी पहुँच गए। 'मौका' एक पतली तंग गली में बड़े से फाटक के अन्दर खुला ऊबड़-खाबड़ स्थान था। इस फाटक के ऊपर-नीचे, दायें-बायें कहीं कुछ ऐसा नहीं था जिससे कि इस फाटक के बाहर खड़े होकर यह अन्दाजा लगाया जा सके कि इसके अन्दर क्या है। बहरहाल, इस समय ये फाटक खुला हुआ था। फाटक के अन्दर खुले स्थान के बीचोंबीच एक तख्त पड़ा हुआ था, जिस पर एक पतली चादर पड़ी थी, और कुछ कागजात बिखरे पड़े थे। एक ओर लकड़ी के बेहद गंदे स्टूल पर उससे भी ज्यादा गंदी मिट्टी की सुराही रखी हुई थी। तख्त के बराबर में एक तीन टाँग वाली मेज और चार टाँगों लेकिन बिना पीठ वाली दो कुर्सियाँ पड़ी थीं। इस समय इन कुर्सियों में से एक पर कुमार साहब विराजमान थे और दूसरी पर ए.डी.एम. साहब। बाकी लोग खड़े थे।

कुछ ही दूर पर एक बन्द दरवाजा था, जो कि सम्भवतः एक गोदाम की दीवार में जड़ा हुआ था। इस समय सभी लोगों की दृष्टि इसी दरवाजे पर लगी थी जिसके दरवाजे पर एक भारी-सा ताला लटक रहा था। गोदाम मालिक की तलाश हो रही थी। आधा घण्टे के इन्तजार के बाद कुमार साहब ने कहा—

"ताला तोड़ दो भाई।" ताला तोड़ा गया। अन्दर अनाज के बारे लदे हुए थे। सब लोग अन्दर घुस गए। कुछ आदमी बोरे गिनने लगे। कुछ लोग बोरों में छेद कर यह पता लगाने लगे कि उनमें क्या है। यह सब कार्यक्रम चल ही रहा था, एक सूट और टाई वाला आदमी गोदाम में आया। गोदाम का मालिक आ गया था। बोला, "आप लोग कौन हैं?" एक मिनट चुप्पी सध गई। फिर यह चुप्पी गुस्से में बदलने लगी। पिसते हुए दाँतों की आवाजें कुमार साहब के कानों में गूँजने लगीं। उन्होंने स्थिति की नाजुकता को समझते हुए अपना और सबका परिचय कराया और कहा, "हम लोगों को आपके गोदाम की स्टाक-चैकिंग करनी है, अपना स्टाक-रजिस्टर लाइए।" सूट और टाई वाले आदमी ने कहा, "स्टाक रजिस्टर तो घर पर है, वहीं से लाना पड़ेगा। लेकिन मैं पहले गोदाम में ताला लगाऊँगा, कहीं सामान इधर-उधर न हो जाये।" दिमागी, सन्तुलन बरकरार रखते हुए कुमार साहब ने सब लोगों को गोदाम से बाहर आने को कहा। गोदाम में ताला लगाकर 'सील' कर दिया गया। पी.ए.सी. तैनात कर दी गई। दूसरे दिन स्टाक-चैकिंग करना तय किया गया।

दूसरे दिन आगरा के अखबारों में सुर्खियाँ "अनाज मण्डी में बीस लाख रुपए का अवैध सामान पकड़ा गया। एक गिरफ्तार दो नदारद।" सुर्खियों के नीचे जिले के बड़े-बड़े अधिकारियों के जौहर लिखे हुए थे। कुमार साहब इन सुर्खियों की खबर बड़े चाव से पढ़ रहे थे। यह देखकर इन्हें गहरा सन्तोष हुआ कि कारनामे करने वालों में उनका नाम भी छापा गया था। पढ़ते-पढ़ते अनायास ही उनका दायाँ हाथ मूँछों की ओर चला गया और वे मूँछें उमेठने लगे। अभी वे अपनी मूँछें तीन-चार बार भी उमेठ नहीं पाये थे कि अरदली ने आकर सलाम ठोका और बोला, "हजूर, व्यापार मण्डल वाले आए हैं, अभी मिलना चाहते हैं।" कुमार साहब ने खट से कहा, "ठीक है, आने दो।" कहने के बाद उन्हें अपनी गलती महसूस हुई, उनका माथ ठनका। वे समझ गए व्यापार मण्डल वाले छापे के मसले को लेकर आए हैं। उन्होंने फौरन मूँछें उमेठना बन्द कर दिया, उमेठी हुई मूँछों को नीचे कर लिया और कन्धे झुकाकर भीगी बिल्ली की खिसयानी मुस्कराहट चेहरे पर पोतकर व्यापार मण्डल के प्रतिनिधि मण्डल का सामना करने के लिए तैयार हो गए।

आगरा व्यापार प्रतिनिधि मण्डल की बारह सुशोभित सफेद खद्दरधारी मूर्तियों ने कमरे में प्रवेश किया। सबसे आगे थे श्री कुलश्रेष्ठ जी, अध्यक्ष, उनके साथ थे श्री उपेन्द्रनाथ जी उपाध्यक्ष, कमलेश मिश्रा मंत्री, श्री रघुनाथ माथुर सचिव, श्री धुरपत सहाय संयुक्त सचिव और बाकी माननीय सदस्यगण। अध्यक्ष जी ने सबका परिचय कराया। सब लोग कुछ ऐसे मिले जैसे कि वर्षों के बिछड़े मिल रहे हों। बैठने के बाद खामोशी छा गई। अध्यक्ष जी कुमार साहब को घूरते रहे। कुमार

साहब मुस्कराते रहे। चुप्पी कुमार साहब को ही तोड़नी पड़ी। बोले कहिए महोदय, "कैसे आए?"

"महोदय ऐसा है, हम लोगों को आपसे मिलना भी था, और कुछ अपनी दिक्कतें आपके सामने पेश करनी थीं। जिस तरह से कल रात जमुना पार के गोदामों में छापा पड़ा वो निहायत ही अनियमित गैर-कानूनी और असंवैधानिक था। छापा मारने से पहले गोदाम के मालिक को तो सूचित करना चाहिए था। अगर वो मौके पर नहीं भी था तो उसका पता लगाकर उसे बुला लेना चाहिए था। अब कल के छापे में मालिक तो था नहीं, मुंशी मौजूद था साहब। उस मुंशी के पास सट्टी बही थी, उसको फाड़कर फेंक दिया। उस फर्म का लाइसेंस रिन्यूवल के लिए इन्स्पेक्टर अपने पास ले गया था और फिर यह छापे रात को क्यों? शासन के आदेश हैं छापे सुबह दस से शाम के पाँच बजे के बीच होने चाहिए।"

"आपकी बात कुछ हद तक ठीक हो सकती है। हम जाँच करेंगे कि सट्टी बही फाड़ी गई या नहीं। छापे वैसे तो दिन में ही होने चाहिए लेकिन कभी-कभी तो रात में भी हो सकते हैं, वैसे हम कोशिश करेंगे...।" कुमार साहब अपनी काफी दबी आवाज में बोल रहे थे। व्यापार मण्डल वालों का काम हो चुका था। वे चलने लगे।

"अच्छा साहब, चलते हैं।"

"ठीक है।" कुमार साहब ने कहा। व्यापार मण्डल वाले चले गये। कुमार साहब का पहला मुकाबला उनके साथ हो चुका था।

❑❑

ताजमहल की मीनार में बैठे हुए शाहजहाँ और वज़ीरे आज़म का आपसी वार्तालाप चल रहा था–

"हमारे जमाने में लोग हैजे, चेचक और जंगली जानवरों से मारे जाते थे। आजकल क्या है?" शाहजहाँ ने पूछा।

"आलीजाह, आजकल सबसे ज्यादा लोग रोड ऐक्सीडेंट में मारे जाते हैं।" वज़ीरे आज़म ने कहा।

"वो क्यों, वज़ीरे आज़म" शाहजहाँ ने पूछा।

"आलम पनाह, वजह साफ है। हाथी, घोड़े, ऊँट की सवारी तो बन्द हो गई, अब लोग मोटर गाड़ियों में चलते हैं। रोज सुबह अखबार में पढ़िये : स्कूटर पर जाते समय पीछे से कार ने टक्कर मार दी। सुबह के धुँधलके में साइकिल सवार को ट्रक कुचलता हुआ निकल गया। तेज रफ्तार से जा रही कार सामने

जा रही ठेलागाड़ी से जा टकराई और ठेलागाड़ी में लदे लोहे के गर्डर विन्डस्क्रीन को फोड़ते हुए पाँचों सवारों को मौत की नींद में सुलाते हुए पीछे से बाहर निकल गए। चौराहे पर ट्रक और कार की टक्कर।

"ऐसा है तो एक दिन चलकर देखा जाये," शाहजहाँ ने प्रस्ताव रखा। वज़ीरे आज़म को घूमने का बहाना चाहिए था, फौरन तैयार हो गए। दूसरे दिन दोनों लोग भ्रमण के लिए निकल पड़े। एम.जी. रोड यानी महात्मा गाँधी रोड के ऊपर पहुँचे। क्या अजीबोगरीब दृश्य था—एक ही सड़क पर एक साथ नाना प्रकार के वाहन। लगातार हॉर्न बजाती सफेद एम्बेसडर कार, दो दौड़ती कारों के बीच से अत्यन्त कुशलता का परिचय देते निकलता हुआ मोटर साइकिल सवार, रिक्शों में लदे लोहे के पाइप और स्कूटरों पर चारपाई ढोते हुए महामानव, इन सभी के अगल-बगल, दायें-बायें फुरती से निकलते साइकिल सवार, चौराहे पर ट्रैफिक जाम में फँसी आपस में उलझी गाड़ियों और दूसरी तरफ मुँह मोड़कर हाथ बाँधकर खड़ा ट्रैफिक पुलिस का सिपाही।

शाहजहाँ इन सब हालात पर सोच-विचार करता हुआ अपनी झक्क सफेद दाढ़ी पर हाथ फेर रहा था कि अचानक नीचे सड़क पर सीटियाँ बजने लगीं, ट्रैफिक का सिपाही कूद-कूदकर दायें-बायें हाथ लहराने लगा। गाड़ियों की रफ्तार धीमी हो गई और लाइनें लगने लगीं, दो मिनट बाद काले रंग की मोटर साइकिल पर बाजू पर लाल पट्टी बाँधे पाइलेट आता दिखाई पड़ा। वह लगातार अपना हार्न बजा रहा था, उसके सामने कुछ हो या न हो। मोटर साइकिल सवार के पीछे काले रंग की एम्बेसडर कार तिरंगा फ्लैग लगाये निकली। ट्रैफिक के सिपाही ने सलूट करते हुए दायें पैर का जूता उठाकर पटका। गाड़ियाँ निकल जाने के बाद वातावरण पुनः फिर अपनी पूर्व स्थिति में लौट आया।

"कोई सिपहसालार था क्या?" शाहजहाँ ने पूछा।

"जी नहीं, आलमपनाह! अब सिपहसालार नहीं होते। हो न हो यह कोई शासन का वरिष्ठ सदस्य होगा।" वज़ीरे आज़म ने फरमाया।

"तो ये मोटर साइकिल सवार क्यों?" शाहजहाँ ने पूछा, "आलमपनाह, इसके दो मकसद हैं। पहला यह कि रास्ते से लोग हट जायें और गाड़ी निकल जाय। दूसरा यह कि लोग देखें, कि कोई बड़ा आदमी जा रहा है। दस-बीस साल पहले जमाना था कि कोई भी झण्डी लगी गाड़ी निकलती तो लोग कतार बनाकर खड़े हो जाते थे। अब बिना हार्न बजाये कोई देखने के लिए तैयार ही नहीं।" वज़ीरे आज़म के इस जवाब से शाहजहाँ निरुत्तर हो गया। एम.जी. रोड का दौरा खत्म कर दोनों ताज वापस लौट गए।

❑❑

शहर-भ्रमण अब शाहजहाँ की आदत बन चुका था। आगरा में इन दो सौ सालों में क्या तबदीली आई थी, ये देखने का शौक दिन-ब-दिन बढ़ता ही जा रहा था। एक दिन शाहजहाँ ताजगंज घूमने चला गया। ताजगंज में डाक्टर की दुकान के आगे मरीजों की लम्बी कतार लगी हुई थी। हकीम-वैद्यों की दुकानें अब बन्द हो चुकीं। उनकी नुस्खों, शरबतों, कुश्तों, भस्मों और दवाओं पर से मरीजों का विश्वास उठ-सा गया था। अब लोग लगातार दस वर्ष तक पढ़ाई करके आए एम.बी.बी.एस. डाक्टर से इलाज कराना पसन्द करते थे लेकिन बीमारों की तादाद दिनोंदिन बढ़ती ही चली जाती थी।

''वज़ीरे-आज़म यहाँ इतने मरीज़ क्यों,'' शाहजहाँ ने पूछा।

''आलीजाह, आगरा शहर का पानी पीने लायक नहीं है। सारी बीमारी की जड़ है यह। यहाँ मरने वालों में से पचास फीसदी लोग पेट के मर्ज से मरते हैं। पानी की यहाँ किल्लत है। हरे, पीले रंग का पानी यहाँ के नालों से आता है। अगर देखना चाहें, तो आलमपनाह जरा चलें यहाँ की बस्तियों में।'' वज़ीरे-आज़म की बात सुनकर शाहजहाँ ने दूसरे दिन सुबह-सुबह दौरा करने का फैसला किया।

सुबह छह बजे न्यू आगरा क्षेत्र का दृश्यावलोकन किया गया। नेहरू नगर नाम की बस्ती में एक साहब ने अपने घर के आगे, गड्ढा खोदकर पानी की मेन लाइन में टोंटी लगा रखी थी। वो उसी से पानी भर रहे थे। इसके आगे पानी उनके घर में नहीं जाता था। दूसरी कोठी में एक महोदय सफेद पायजामा-कुर्ता पहने घर के पीछे लगे ट्यूबवेल से पानी भर रहे थे। अगर ट्यूबवेल है तो सुबह छह बजे पानी भरने की क्या जरूरत? पता लगा आठ बजे बिजली चली जाती थी। तीसरे घर में गृहिणी हरे रंग का पानी भगोने में चढ़ाकर उबाल रही थी। जज कम्पाउण्ड के अधिकारियों के चपरासी साइकिलों पर बड़े-बड़े ड्रम लादकर नेहरू नगर जा रहे थे, पानी भरने। एक-आध जगह हैण्ड पाइप से पानी निकाला जा रहा था। नगर पालिका प्रशासक के यहाँ माली लान में पानी लगा रहा था। यहाँ पानी की सेपरेट लाइन थी।

बेलनगंज का दृश्य बहुत ही मनोहारी था। रिक्शे वालों की एक लम्बी कतार म्युनिसिपैलिटी के टैंकर के पीछे लगी थी। ये लोग एक रुपये बाल्टी के हिसाब से बेलनगंज के मालदार लालाओं के यहाँ पानी ढोते थे। गरीब को रोजगार, अमीर को पीने का पानी। यानी आम के आम गुठलियों के दाम। भई वाह! शाहजहाँ दंग रह गया।

''वज़ीरे आज़म, अब लोगों ने कुओं के पानी को पीना क्यों छोड़ दिया?'' शाहजहाँ ने जिज्ञासा प्रगट की।

''आलीजाह पहले लोग नेकी करते थे और कुएँ में डालते थे। धीरे-धीरे

सब कुएँ भर गए, पानी खत्म हो गया।'' वज़ीरे आज़म ने हाजिर-जवाबी दिखाई। शाहजहाँ भी पीछे रहनेवाला नहीं था। बोला—

''शायद इसीलिए लोगों ने अब नेकी करना भी छोड़ दिया है।'' दोनों लोग अपनी ही बात पर ठठाकर हँस पड़े और वापस ताज चल दिये।

❑❑

''बचाओ, बचाओ, बचाओ, अरे मार डालेगा, अरे मार डालेगा...ठाँय-ठाँय...हाय'' इन आवाजों के साथ भागते हुए पैरों की आवाज आई। गेट के पास दो चौकीदार, खाकी वर्दी पहने, हाथ में डण्डा लिए, ड्यूटी पर थे। गोली चलने की आवाज सुनते ही वे अपनी चौकीदारी भूलकर, होशोहवास खो बैठे। डण्डे उनके हाथ से छूट गए। शायद उन्हें लगा कि आगरा में कत्लेआम शुरू हो गया है, नादिरशाही फौजें आधुनिक हथियारों से लैस होकर दिल्ली का रास्ता भूलकर आगरा पर ही चढ़ाई कर रही हैं और उनकी फतह की सबसे पहली मंजिल जज कम्पाउण्ड में बना हुआ कुमार साहब का मकान ही है। यही सोचकर वे दोनों गेट छोड़कर मकान के अन्दर की ओर भागे। इस समय शाम के सात बजे थे। हर रोज की तरह जज कम्पाण्उड में बिजली नहीं थी। सड़कों, गलियों में अँधेरा छाया हुआ था। इसी माहौल में पीछे की बस्ती में गोली चलने की आवाज सुनाई दी थी। कुमार साहब इस समय लान में चहल-कदमी कर रहे थे। दोनों चौकीदारों की बहादुरी देखकर कुमार साहब सकते में आ गए, ''उन्होंने दोनों को ललकारकर पूछा, ''अरे कहाँ जा रहे हो?''

''गोली चल गई है साहब,'' दोनों एक स्वर में चिल्लाए।

''कहाँ चली है गोली,'' कुमार साहब ने पूछा।

''जी पीछे वाली गली में, हम वहीं जा रहे हैं,'' ये कहते हुए दोनों घर के अन्दर घुस गए। बड़ी फटकार के बाद उन दोनों को घर के बाहर निकाला जा सका।

इस बीच कालोनी के लोग, चौकीदार अपने-अपने घरों के बाहर निकल आए थे। पता लगा कि पीछे बस्ती में पान की दुकान पर दो लड़कों का आपस में झगड़ा हो गया था। एक लड़के ने चाकू निकाला तो दूसरा उस पर देसी तमंचा, जिसको कि स्थानीय भाषा में कट्टा कहा जाता है, लेकर दौड़ पड़ा। एक मरा दो घायल हो गए।

इस वारदात के बाद कालोनी में दहशत फैल जाना लाजिमी था। सभी बंगलों में चौकीदारों की तादाद बढ़ा दी गई। आई.जी. साहब के बंगले पर दो पुलिस गार्डों की जगह चार गार्ड पहरा देने लगे।

इस घटना के तीसरे दिन, दोपहर को दो बजे ठीक आई.जी. साहब के बंगले के सामने, दो औरतों की गले की जंजीरें खींच ली गईं। औरतें रिक्शे पर बैठी थीं। चोर दो साइकिलों पर सवार होकर आए और जंजीरें खींचकर भाग गए। आई.जी. साहब के बंगले पर चार की जगह छह गार्ड लगा दिए गए।

❑❑

"साहब, राजकुमार, अध्यक्ष पत्रकार संघ, आपसे बात करना चाहते हैं।" अर्दली ने कहा। सुबह के नौ बजे थे। कुमार साहब ने टेलीफोन उठाया, कहा, "हलो।" उधर से किसी ने बड़ी वजनदार आवाज में कहा, "हलो एस.एम.एस.।" "एस. कुमार स्पीकिंग।" कुमार साहब ने बात आगे बढ़ाई। "गुड मार्निंग। मैं राजकुमार अध्यक्ष पत्रकार संघ बोल रहा हूँ। बहुत जल्दी में हूँ बस जाते समय मिलना चाहता हूँ।" दूसरी ओर से आवाज आई। "ठीक है साढ़े दस के आस-पास दफ्तर में आ जाइये।" कुमार साहब ने कहा। उसके बाद वे दफ्तर चले गए।

सवा दस बजे थे। कुमार साहब बैठे अपने स्टेनो को कुछ लिखा रहे थे। दरवाजे के बाहर कुछ चीख-चिल्लाहट की आवाजें आईं। "अरे कौन है अहमद," कुमार साहब ने अर्दली से पूछा। जवाब में एक साढ़े पाँच फीट का सफारी पहने आदमी धड़धड़ाता हुआ अन्दर आ गया। गुस्से में लाल। बिना पूछे बाईं तरफ की कुर्सी पर बैठते हुए बोला, "ये कैसे चपरासी हैं आपके, इनको बात करने तक की तमीज नहीं है। मैं इनको अच्छी तरह जानता हूँ, आप देख..." कुमार साहब ने उन्हें शान्त करने के लहजे में बोलते हुए कहा, "देखिए आप आराम से बैठिए फिर बताइए क्या हुआ?" "अरे साहब बैठना क्या बहुत जल्दी में हूँ, मुझे इसी वक्त इलाहाबाद की गाड़ी पकड़नी है। मैंने आपसे सुबह टेलीफोन पर बात की थी और आपके अर्दली ने मुझे अन्दर तक घुसने नहीं दिया। मुझे आप कोई ऐसा-वैसा न समझें। देखिए ये है मेरा कार्ड..." और उसने एक चमचमाता हुआ कार्ड कुमार साहब के सामने रख दिया।

'अध्यक्ष, पत्रकार संघ, उत्तर प्रदेश'

'अध्यक्ष, नाट्य कला संगम, इलाहाबाद'

'अध्यक्ष, जागरूक नागरिक संस्था, कानपुर'

'महामंत्री, संघर्ष समिति, आगरा'

'उपाध्यक्ष, भ्रष्टाचार निरोधक समिति, बरेली'

'सचिव, नागरिक विचार मंच, लखनऊ'

इतने पद उनके नाम के आगे जुड़े हुए थे। उन्होंने बताया कि वे केवल मुख्य-मुख्य पद ही कार्ड में लिख पाये। शेष को लिखने के लिए कार्ड में जगह

ही नहीं बची थी। लाजिमी था कि कोई भी सभ्य पढ़ा-लिखा नागरिक इतने सारे गरिमापूर्ण पदों के धारक को सामने बैठा देख प्रभावित होता। कुमार साहब भी हो गए। बल्कि कहना चाहिए कि उनके गरिमामय व्यक्तित्व से चकाचौंध हो गए। मन-ही-मन उन्हें नतमस्तक होते हुए प्रणाम किया और आँखों में जितनी क्षमा और दुःख भर सकते थे, भरकर कहा, "महोदय, मुझे अत्यन्त दुःख है कि आपको इतना कष्ट हुआ और चपरासी ने आपको दरवाजे पर ही रोक दिया। आई एम सॉरी वेरी सॉरी। अरे अहमद, जरा पानी लाना दो गिलास।"

"जी हजूर," अहमद ने बाहर से ही आवाज लगाई। दो मिनट बाद वो एक गिलास पानी ट्रे में लाकर खड़ा हो गया और गिलास कुमार साहब की तरफ बढ़ाया। उन्होंने कहा, "अरे मुझे नहीं, इन साहब को दो।"

अहमद ने बड़ी ही बेरुखी से, राजकुमार जी को कड़ी नजर देखते हुए, पानी का गिलास सामने मेज पर झटके के साथ रख दिया और मुड़कर बाहर चला गया। जाहिर था उसकी नजर में राजकुमार जी की जरा भी इज्जत नहीं थी। कुमार साहब की आँखों में फिर क्षोभ और क्षमा उभर आई। पूछा, "कहिये, राजकुमार जी, कैसे कष्ट किया आपने?"

"भई कुमार साहब" वे अचानक ठण्डे होकर बड़ी आत्मीयता से बोले, "ऐसा है कि मैं एक समाज-सेवी आदमी हूँ, साहित्य और कला में भी मेरी बचपन से ही रुचि है। आज उत्तर प्रदेश से कला लुप्त-सी होती जा रही है। मैं कोशिश कर रहा हूँ कि किसी तरह से यह बच जाये। बस, इसीलिए केवल बड़े-बड़े शहरों में हर वर्ष रंगारंग कार्यक्रम का आयोजन करता हूँ। आगरा में भी हर वर्ष करता हूँ। इस समय अक्टूबर है, जनवरी के महीने में करने का इरादा है। थोड़ी बहुत टिकट भी रखी हैं। मेरे कुछ खास-खास दोस्त हैं। वे ही बिकवा देते हैं। बड़े साहब से मेरी हमेशा ही दोस्ती रही है। आपसे पहले जो शर्मा साहब थे, उनसे तो कहने की भी आवश्यकता नहीं पड़ती थी।" यह बोलते हुए उन्होंने अपना ब्रीफकेस खोला और टिकटों के बण्डल निकालने लगे। कुमार साहब ने उन्हें टोकना चाहा, "देखिए राजकुमार जी, काम तो आप बड़ी ही समाज-सेवा का कर रहे हैं लेकिन टिकटों में कैसे...?" "अरे भई कुमार साहब, आप तो बड़े ही सज्जन आदमी हैं। आपको कुछ थोड़े ही करना है, बस आप तो अपने डिप्टी साहब से कह दीजिए, वो अपने आप ही हो जायेगा। ये लीजिए दस बण्डल मैं आपके पास छोड़े जा रहा हूँ।" और उन्होंने दस बड़े-बड़े टिकटों के बण्डल मेरे सामने रख दिये।

"अच्छा तो भाई मैं चल रहा हूँ। आपसे मिलकर बड़ी खुशी हुई, भाई कुमार साहब। बुरा मत मानियेगा। जरा जल्दी में हूँ। अगले महीने 10 तारीख को आऊँगा। अपने स्टेनो बाबू से कहिये पैसे तैयार रखें। नमस्कार।" और वे चले गए।

कुमार साहब ने अब टिकटों के बण्डल उलट-पलट कर देखने शुरू किये। कुछ पचहत्तर रुपये की टिकटों के बण्डल थे और कुछ पचास रुपए के और कुछ पच्चीस रुपये की टिकटों के बण्डल थे। कुल मिलाकर दस हमार रुपये की टिकटें थीं। दस हजार रुपये की टिकटें बेचने के लिए दे गए राजकुमार जी उनको। अब वे सोचने लगे कि आखिर, उन्होंने नौकारी क्यों की थी। क्या राजकुमार की टिकटें बेचने के लिए, और राजकुमार उनका लगता क्या था? कुमार साहब ने फौरन घण्टी बजाकर अर्दली से कहा कि राजकुमार जी को फिर अन्दर भेजे। लेकिन राजकुमार जी तब तक गायब हो चुके थे।

"वो आँधी की तरह आया और तूफान की तरह चूना लगाकर चला गया।" सोचते हुए कुमार साहब हाथ मलने लगे।

इस हादसे के ठीक एक महीने बाद राजकुमार पत्रकार फिर आ धमके, इस बार कुमार साहब थे बंगले पर। उसने बाहर से अपना चमचमाता कार्ड अन्दर इस सन्देश के साथ भिजवाया, "इलाहाबाद से आए हैं। जल्दी ही वापस जाना है। जरूरी काम है।" रविवार था, सुबह के नौ बजे थे। कुमार साहब बाहर लान में निकल आए। राजकुमार बेचैनी से लान में चहलकदमी कर रहे थे लेकिन कुमार साहब को देखते ही उन्होंने मुस्कराहट को चेहरे के एक ओर से दूसरी ओर खींचते हुए उनका स्वागत किया, "अरे भई कुमार साहब, हम तो दाद देते हैं आपके टेस्ट की। भई वाह, क्या बढ़िया-बढ़िया फूल लगाये हैं आपने।"

"धन्यवाद; बैठिए।" कुमार साहब ने अपने चेहरे पर खुशी के किसी भी कतरे को न आने देने की पूरी चेष्टा करते हुए कहा।

"कुछ चिंतित, थके-थके से मालूम दे रहे हैं," राजकुमार ने अब दूसरा रास्ता ढूँढ़ने की कोशिश की।

"नहीं, ऐसा कुछ नहीं है। आज सण्डे है ना, मैं सुबह जरा आराम से उठता हूँ। कहिए आपने कैसे कष्ट किया।" कुमार साहब पूरी बेरुखी बनाये रखने पर तुले हुए थे।

"कष्ट कुछ नहीं ब्रदर, इधर से निकल रहा था, सोचा आपसे मिलता चलूँ। अभी मैं कुछ दिन पहले लखनऊ गया था तो मुख्य सचिव से मुलाकात हुई, पूछ रहे थे, आगरा में क्या हाल है, मैंने कहा सब ठीक है।" राजकुमार ने अब तीसरा प्रहार किया।

"आपने अच्छा किया। बताइये कैसे आना हुआ।" कुमार साहब राजकुमार को जल्दी चलता करने पर तुले थे।

"वो हमारा चेरिटी प्रोग्राम हो रहा है, न ब्रदर, उसके टिकट मैं आपको दे गया था। बहुत ही बढ़िया होता है, आप देखियेगा। वो टिकट तो बिक ही गए होंगे।" अब राजकुमार ने असली बात बताई।

"कोशिश कर रहे हैं। बाँट दिये हैं सबमें। अभी कुछ पता नहीं चला।" कुमार साहब ने कहा।

"कोई चिन्ता नहीं। बस आपके इशारे की देर है। दरअसल मैं पिछली बार कुछ कम टिकट लाया था। ये एक बण्डल और रख लीजिए। अच्छा अब मैं चल रहा हूँ, देर हो रही है। प्रोग्राम देखने जरूर आइये। नमस्कार।" इतना कहकर राजकुमार पत्रकार कुमार साहब के हाथ में लाल, पीली, नीली टिकटों का एक मोटा बण्डल थमा कर, उन्हें सण्डे के दिन सुबह-सुबह, हैरान, परेशान और अवाक् खड़ा छोड़कर बिना नमस्कार के प्रति उत्तर का इन्तजार किये चले गए।

चेरिटी शो, सांस्कृतिक कार्यक्रमों की टिकटों, डोनर कार्डों, खेलकूद कार्यक्रमों की टिकटों के बेचने की बीमारी इस कार्यालय में कुछ अधिक ही थी। वैसे यह प्रचलन लगभग हर सरकारी कार्यालय में है। इसकी मुख्य विशेषता है कि टिकट या डोनर कार्ड खरीदने वालों तथा वास्तविक दर्शकों में कोई तालमेल नहीं है। चेरिटी शो राजधानी में हो रहा है और उसके टिकट बिक रहे हैं, ढाई सौ किलोमीटर दूर बसे शहरों में। फुटबाल मैच हो रहा है आगरा शहर में और उसके टिकट खरीद रहे हैं मैनपुरी में एक छोटे से कस्बे के लोग। कुछ वर्षों से विभिन्न प्रकार के खेलकूद मैच कुछ ज्यादा ही संख्या में होने लगे हैं। दर्शकों की कमी हो गई है। ज्यादातर लोग इन मैचों को मुफ्त में भी देखने को तैयार नहीं हैं, टिकट लेकर देखना तो दरकिनार। टिकट खरीदना मजबूरी होती, मैच देखना नहीं। इसलिए अक्सर टिकट लेने वाले मैच देखने नहीं आते। छक्कन लाल आढ़तिया हर वर्ष कम-से-कम सौ-डेढ़ सौ रुपये के टिकट खरीदता था इन्स्पेक्टर साहब से। जैसे कि मण्डी के ज्यादातर व्यापारी खरीदते थे। ग़रीबचन्द कापड़िया को छोड़कर। उस टिकट में क्या लिखा है, मैच कब है, इसको पढ़ने की किसी को फुरसत नहीं थी। और न ही इच्छा थी। लेकिन राजकुमार पत्रकार के रंगारंग टिकट तो बिकने ही थे, इसके साथ यह भी खतरा था कि खरीदने वाले कहीं प्रोग्राम देखने न आ जायें। रद्दी प्रोग्राम और सौ रुपये का टिकट, यह एक नई विभागीय समस्या थी इस कार्यालय के राज्यकर्मियों के सम्मुख।

❑❑

बाजार में सेठ साहब की गाड़ी चींटी की चाल से रेंग रही थी। ड्राइवर लगातार हार्न बजा रहा था लेकिन उस हार्न का असर गाड़ी के अन्दर बैठे लोगों के सिवा और किसी पर नहीं हो रहा था। हो भी नहीं सकता था। शाम को चार-पाँच बजे का समय था। धुँधलका था। बाजार में भारी भीड़ थी। सड़कों पर ठेलों,

रिक्शों, साइकिलों, मोटरों की बेतरतीब कतारें लगी हुई थीं। इस बाजार में सभी तरह की दुकानें थीं और उनमें आपस में कोई तालमेल भी नहीं था, मिर्च की दुकान के बराबर में जूते की दुकान, उससे लगी हुई पान की दुकान और उसके बगल में अंग्रेजी दवाई की दुकान, खरीद-फरोख्त हर दुकान पर हो रही थी। यह बाजार और सब मायनों में आगरा के दूसरे बाजारों की तरह था, बस एक फर्क था--यहाँ सैकड़ों की तादाद में डाले सिर पर रखे अजीब शक्लों वाले आदमी तेज कदमों से चले जा रहे थे। सेठ जी की गाड़ी धीरे से ऐसे ही एक टोकरे वाले से जा टकराई। टोकरे वाला रुका, फिर मुड़ा। पान से भरे मुँह को ऊपर की ओर करके उसने ड्राइवर को अपनी प्रतिक्रिया से अवगत कराया।

"मुद्रा, गाड़ी चलाई है कभी साले, हरामजादे, भीड़-भाड़ में घुसाये चले आ रहे हैं..." और फिर उसने भद्दी-भद्दी गालियों से अपने प्रवचन को अलंकृत करना शुरू किया। ड्राइवर को ताव आ गया। झटके से दरवाजा खोलकर निकला और टोकरे वाले पर उबल पड़ा, "खबरदार जो माँ-बहिन की गालियाँ दीं। साले को इतने जूते मारूँगा, इतने जूते मारूँगा सर पर कि सारी जिन्दगी याद रखेगा।" "अरे हम पर जूते मारेगा। यहाँ तो रोज ही सिर पे ढोते हैं हम। बहरहाल तुमको तो हम जूते का मजा चखाकर ही रहेंगे।" इतना कहकर उसने टोकरा ड्राइवर के सिर उलट पटक दिया। टोकरे में भरे नाना प्रकार के जूते ड्राइवर के सिर पर विचरण करते हुए जमीन पर आ गिरे।

गाड़ी के ड्राइवर के लिए बीभत्स, टोकरे वाले के लिए रोचक एवं तमाशबीनों के लिए मनोरंजक दृश्य आगरा के जूता बाजार हींग की मण्डी में प्रस्तुत हो रहा था। हींग की मण्डी का यह बाजार अच्छी किस्म की हींग बिकने के लिए भले ही मशहूर न हो, अलबत्ता, थोक के भाव जूते बिकने के लिए बहुत मशहूर है। आगरा शहर के गली-कूचों में बसे सैकड़ों कारीगर जूते बनाकर बड़े-बड़े टोकरों में भरकर वहाँ लाते हैं और दुकानदारों के यहाँ ले जाते हैं। कुछ कारीगर जूतों से भरे टोकरे लेकर बाजार के बीचोंबीच बैठ जाते हैं और वहीं खरीद-फरोख्त चलती रहती है। शाम चार बजे से लेकर रात के आठ बजे तक यह बाजार लगता है और इस समय यहाँ भीड़ की वजह से तिल रखने की भी जगह नहीं रहती।

टोकरों में भरकर खरीदे गए ये जूते बड़ी-बड़ी कम्पनियों की फैक्ट्रियों में पहुँच जाते हैं। जहाँ इन पर ठप्पे लगाकर खूबसूरत डब्बों में पैक कर हिन्दुस्तान के हर कोने में भेज दिया जाता है। जिस जूते के जोड़े की कीमत पचास रुपये कारीगर को मिलती है वही जूता दिल्ली के शो रूम में डेढ़ सौ रुपये का बिकता है वो भी 'स्पेशल दीपावली रिबेट' के बाद।

❑❑

शाहजहाँ अब दिन में भी आगरा-भ्रमण पर निकलने लगा था। एक दिन विचरण करते हुए फिर जज कम्पाउण्ड पहुँच गया। वहाँ एक अधेड़ उम्र का व्यक्ति कुर्सी पर बैठा हुआ था। उसके पास स्टूल पर काले रंग के बक्से टाइप की एक चीज थी। इस पर लगे डायल को यह व्यक्ति बार-बार घुमाता, फिर दूसरे हाथ में लगे चोंगे को कान पर लगाकर कुछ सुनने की कोशिश करता और बीच-बीच में हलो-हलो भी चिल्लाता। उसके बाद फिर वो नम्बर घुमाता और चोंगा उठाता। यह प्रक्रिया उसने सात-आठ बार दोहराई। आखिर वो उठकर खड़ा हो गया और बरामदे में तेज कदमों से चहलकदमी करने लगा। फिर वो वापस आकर कुर्सी पर बैठा और डायल घुमाया, तीन-चार बार घुमाया। कोई नतीजा नहीं निकला। अब चेहरे पर गुस्सा और खीझ दोनों उभरने लगे। वो दोनों हाथ मुँह पर फेरने लगा फिर अपने बाल नोचने लगा। इसके बाद उसने फिर डायल घुमाने की कोशिश की। इस बार डायल भी नहीं घूमा। गुस्से से उसके दाँत किटकिटाने लगे। इस बार डायल में लगे काले लम्बे तार को दाँतों के बीच भींचकर काटने की कोशिश की फिर चोंगा फेंक दिया। दस कदम पीछे हटकर दौड़ते हुए स्टूल में लात मारी और पैर में लगने के कारण हाय-हाय चिल्लाते हुए कमरे के अन्दर घुस गया। "वज़ीरे आज़म ये क्या माजरा है?" हमेशा की तरह शाहजहाँ ने पूछा।

"आलीजाह! यह एक दुःखी इन्सान है। इसका टेलीफोन पिछले तीन दिनों से लखनऊ नहीं मिल पा रहा है," वज़ीरे आज़म ने शाहजहाँ की जिज्ञासा का समाधान करते हुए कहा। "पता नहीं क्यों इन लोगों ने ऐसी चीजों की ईजाद की है जिससे यह हमेशा दुःखी रहते हैं। क्या यहाँ कोई सुखी इन्सान भी है?" शाहजहाँ ने तकरीर की।

"क्यों नहीं, आलीजाह, वो देखिए, नेहरू नगर में वो एक मिस्टर अग्रवाल का घर है। इनका बिजनेस है। ये सुबह से दो बार दिल्ली, एक बार लखनऊ और एक बार बाम्बे बात कर चुके हैं। यह आगरा के सुखी इन्सानों में से हैं।" वज़ीरे आज़म ने नेहरू नगर के एक आलीशान घर के लकदक ड्राइंगरूम में आराम कुर्सी पर बैठे आदमी को दिखाते हुए कहा।

"ऐसा क्यों वज़ीरे आज़म?" शाहजहाँ ने भोलेपन से पूछा।

"आलीजाह! अमीर होने के साथ-साथ यह एक दरिया दिल इन्सान भी है और अहसान फरामोश भी नहीं। पहले वाला इन्सान सिर्फ टेलीफोन का बिल चुकाता है, उसके अलावा शुक्रिया तक अदा नहीं करता। यह इन्सान शुक्रिया ही नहीं बल्कि हर कॉल के बाद बक्शीश भी अदा करता है। कभी नागा नहीं करता। दरअसल न कभी बक्शीश माँगने वाला नागा करता है और न देनेवाला। यही है इसकी खुशहाली का राज।" वज़ीरे आज़म ने फर्माया।

"क्या यह बात इस दुःखी इन्सान को पता नहीं।" शाहजहाँ ने पूछा।

"ऐसा नहीं आलीजाह। दुःखी इन्सान यह जानता है कि इस शहर में कुछ ऐसे भी इन्सान हैं जिनका टेलीफोन हर बार मिल जाता है।" वज़ीरे आज़म ने फर्माया।

"तो फिर ये वो क्यों नहीं करता जो मिस्टर अग्रवाल करते हैं?" शाहजहाँ ने जिज्ञासा की।

"हुजूर, बात दरअसल ये है कि यह दुःखी इन्सान एक सरकारी मुलाजिम है। सरकार सिर्फ बिल चुकाने का पैसा देती है, बक्शीश का नहीं। तो ये बक्शीश दे नहीं सकता। उधर आलीजाह, मिस्टर अग्रवाल एक बिजनेसमैन है। एक टेलीफोन न मिलने का मतलब हजारों का नुकसान, टेलीफोन मिलने का मतलब लाखों का फायदा। मिस्टर अग्रवाल जो कुछ बक्शीश देते हैं, खुशी से देते हैं। अगर याद हो आलीजाह, आप खुद भी अच्छी खबर सुनाने वाले को इनामात दिया करते थे," वज़ीरे आज़म ने समझाने की कोशिश की।

"बात तो सही है। इनाम-इकराम तो मिलना ही चाहिए।" शाहजहाँ ने प्रतिक्रिया व्यक्त की। वे दोनों दुःखी इन्सान को उसके हाल पर छोड़कर ताज की ओर चल दिये।

□□

कुमार साहब दफ्तर में बैठे फाइलें उलट रहे थे। अक्टूबर का महीना था। सुबह के ग्यारह बजे थे वातावरण शान्त था, दफ्तर में कोई खास हलचल नहीं थी। मिलने वाले सब निबट चुके थे। कमरे के बाहर बैठा अर्दली तम्बाकू हाथ में मींजकर फाँक रहा था। टेलीफोन की घंटी बजी। कुमार साहब माउथ-पीस उठाकर रिवाल्विग कुर्सी में अधलेटे से होते हुए बोले, "हैलो! कुमार स्पीकिंग।"

"जी साहब नमस्कार, मैं वरिष्ठ निरीक्षक आगरा से बोल रहा हूँ। जी सर, वे दफ्तर में घुस आए हैं, सर...सर।" कुमार साहब के शिथिल शरीर में अचानक फुर्ती आ गई, वो सीधे बैठते हुए बोले, "क्या बात है, कौन आपके दफ्तर में घुस आया है। ठीक से क्यों नहीं बतलाते हो।"

"जी सर, वो बात यह थी कि इस कोठी के मालिक से मुकदमा चल रहा था पिछले चार साल से। हम इसमें ए.डी.जे. साहब के यहाँ से हार गए। अपील दायर हुई नहीं। आज सुबह दस बजे सक्सेना साहब के वकील कई वकीलों के साथ डिग्री एक्जीक्यूटिव कराने आ गए। अब वकील लोग अन्दर घुस आए हैं, बरामदे में भी बैठे हैं, कह रहे हैं अभी खाली करो, सर हम क्या करें।"

"अरे आपके डिप्टी साहब कहाँ हैं?" कुमार साहब ने झल्लाते हुए पूछा, "जी वह तो आपके दफ्तर की तरफ चले गए हैं अभी-अभी।" दूसरी ओर से

आवाज आई।

"अच्छा ठीक है, तुम पुलिस को इत्तला करो, मैं अभी कुछ करता हूँ," कुमार साहब बोले। टेलीफोन ए.डी.एम. सिटी को मिलवाया गया। ए.डी.एम. साहब ने कुमार साहब की पूरी बात सुनी फिर अपनी पतली आवाज को गम्भीर बनाते हुए बोले, "देखिए, कुमार साहब ऐसा है कि कोई भी आदमी बन्द दफ्तर को खाली नहीं करवा सकता। अगर आप किसी तरीके से ताले डलवा दें तो समस्या का हल निकल सकता है।"

यह बात हो ही रही थी कि डिप्टी साहब मिश्र जी मुँह लटकाए हुए कमरे में आए, कुमार साहब ने पूछा, "यह आपके दफ्तर में क्या हो रहा है।" "जी मुझे तो कुछ पता ही नहीं चला, फाइल तो हेडक्वार्टर से डील हो रही थी। मैं तो आपको बताने चला आया।" "अरे भाई, आपके यहाँ भी तो कोई इसे देख रहा होगा," कुमार साहब ने पूछा। "जी वह खन्ना इन्स्पेक्टर देख रहा है। लेकिन इस समय क्या करें सर। वे लोग तो सामान बाहर फेंकने के लिए तैयार हैं।" मिश्रा जी ने अपनी मजबूरी दर्शाई।

कुमार साहब ने दो मिनट आँख बन्द कर कुछ सोचा फिर दो घण्टियाँ एक साथ बजाईं। पहले अर्दली दौड़कर आया, "जी हुजूर," अहमद ने गुहार लगाई। "देखो दफ्तर में जितने इन्स्पेक्टर और बाबू हैं सबको बुलवाओ। जीप भी तैयार करो," कुमार साहब ने लगभग चिल्लाते हुए कहा। अहमद "जी हुजूर" कहकर दफ्तर के अन्दर भाग गया। दूसरी घंटी के जवाब में स्टेनो बाबू श्री विनय कुमार अग्रवाल आए। जी सर?" स्टेनो बाबू ने पूछा। "ऐसा है," कुमार साहब ने खखारते हुए कहा, "डिप्टी साहब के दफ्तर में आज की छुट्टी घोषित कर दो। आदेश अभी बना लाओ।"

"जी सर" कहकर स्टेनो बाबू अन्दर चले गए। सारे इन्स्पेक्टर और बाबू लोग अब तक बरामदे में इकट्ठे हो चुके थे। लैसन्स बाबू, जो इस समय सबके मुखिया बने हुए थे, ने कहा, "सर हम सब तैयार हैं, क्या करना है?" इस समय इन इन्स्पेक्टरों और बाबुओं को देखकर लगता था कि वे सबके सब लड़ाई के मैदान में कूद पड़ने के लिए उतारू थे और 'एक्शन' के लिए छटपटा रहे थे। अगर गलती से कुमार साहब के मुँह से निकलता, 'चार्ज' तो यह सबके सब बेलगाम घोड़ों की तरह दौड़ पड़ते और कुछ नहीं तो दफ्तर के सामने वाले घर की एक-एक ईंट उखाड़ डालते। कुमार साहब को उनके जोश-खरोश देखकर हँसी आ गई। उन्होंने हँसी को दबाते हुए कहा, "देखो तुम लोग फौरन डिप्टी साहब के दफ्तर चले जाओ। किसी तरह से दफ्तर के अन्दर से वकीलों को निकालकर ताला डाल दो। हाँ झगड़ा मत करना और मुझे फौरन फोन कर देना।" "जी, सर" कहकर सबके सब जीप में भरकर रवाना हो गए।

साँस लेने की फुरसत मिली तो कुमार साहब ने सोचना शुरू किया। डिप्टी आर.एम.ओ. दफ्तर पिछले बीस वर्षों से डी.जी.सी. सिविल माथुर साहब के बड़े भाई के मकान में था। बड़े भाई साहब रेलवे में नौकरी करते थे और अक्सर आगरा से बाहर ही रहे। रिटायर होकर वापस आ गए थे। मकान खाली कराना था। कई बार खाद्य विभाग को नोटिस देने का कोई असर नहीं हुआ तो मुकदमा ए.डी.जे. की कोर्ट में दायर करवा दिया था। सरकार की ओर से पैरवी माथुर साहब को ही करनी थी, इसलिए उनके बड़े भाई की जीत निश्चित थी। कुमार साहब को उनकी यह चाल समझ आ गई।

इधर डिप्टी आर.एम.ओ. दफ्तर में बिल्कुल आपरेशन ब्लू स्टार छोटे पैमाने पर हो रहा था। जीप के रुकते ही आर.एफ.सी. दफ्तर के बाबू लोग कूदकर नीचे उतरे। लैसन्स बाबू ने मुँह पर उँगली रखकर, शी-शी-शी की आवाज निकालते हुए सब लोगों को चुप हो जाने का इशारा किया। सब लोग मूर्तिवत् हो गए। फिर उन्होंने आगे की ओर थोड़ा झुककर दफ्तर के अन्दर झाँककर देखा। अन्दर डिप्टी आर.एम.ओ. दफ्तर का कोई बाबू नजर नहीं आ रहा था। सब कमरों की कुर्सियाँ खाली पड़ी थीं। बीच के आँगन में कुछ मेजें पड़ी हुई थीं। इन मेजों के ऊपर पैर पसारे करीब आठ-दस आदमी बैठे हुए सिगरेट पी रहे थे यदि कोई विदेशी इन्हें देखता तो निश्चय ही इन्हें 'ब्लैक पैन्थर' या मिले-जुले नाम के किसी आतंकवादी दल का सदस्य ही समझता। लेकिन वास्तव में सफेद पैंट, काला कोट और नेकटाई पहने यह महानुभाव वकील थे जो मानवीय न्यायालय के आदेशों का 'अनुपालन' यानी एक्जीक्यूशन कराने आए थे। लैसन्स बाबू ने सामने वाले कमरे की खिड़की से झाँककर अन्दर देखा तो यह कमरा डिप्टी आर.एम.ओ. साहब का था। यह कमरा हमेशा की तरह पूर्णतया शान्त था। कहीं कोई फाइल, क़लमदान, पेपरवेट, कुछ भी नहीं था, मेज पूरी तरह साफ थी। साफ जाहिर था, यहाँ न कभी कोई काम होता था और न कभी होगा। दफ्तर का टाइपराइटर एक तरफ कोने में पड़ा ऊँघ रहा था। इस पर जमी धूल की मोटी परत दर्शा रही थी कि पिछले कई महीनों से इसका प्रयोग नहीं हो रहा था। मेज पर रखे टेबुल लैम्प पर बल्ब नहीं था। दरवाजे पर पड़ी चिक एक कील पर झूल रही थी। कमरे की छत के एक कोने में मकड़ी के जाले में सौ-डेढ़ सौ मच्छर लटके हुए थे, बड़ी-सी मेज के पीछे पड़ी कुर्सी भी अक्सर खाली रहती थी और अगर उस पर कोई भी होता था तो उसे खाली आँखों से छत की ओर ताकते देखा जा सकता था।

लैसन्स बाबू ने देखा कि आज वह कुर्सी खाली नहीं थी और सबसे बड़े आश्चर्य की बात यह कि कुर्सी पर बैठा व्यक्ति खाली नहीं बैठा था बल्कि आगे झुककर डायरी में कुछ लिख रहा था। लैसन्स बाबू बड़े असमंजस में पड़ गए।

डिप्टी आर.एम.ओ. और काम करते हुए, यह दृश्य वे जिन्दगी में पहली बार देख रहे थे। वे यह सोच-विचार कर ही रहे थे कि उनका ध्यान कुर्सी पर बैठे व्यक्ति की पोशाक पर गया। वह व्यक्ति सफेद पैंट कमीज, काला कोट और नेकटाई पहने था। अब उन्हें समझ में आया कि ये डिप्टी आर.एम.ओ. साहब नहीं वकील साहब थे जिन्होंने दफ्तर पर बाकायदा कब्जा जमा लिया था। इतना समझ पाने के बाद उन्हें स्थिति की गम्भीरता समझ में आई। वे पीछें की ओर मुड़े और अपने सहयोगियों को हाथ के इशारे से अपने पीछे आने के लिए कहकर सामने वाले पेड़ के नीचे चले गए। खुसुर-फुसुर की आवाज में गुप्त मन्त्रणा शुरू हो गई। फ्लाइंग स्क्वैड के इन्सपेक्टर साहब ने कहा, "साथ में पुलिस तो है नहीं, वापस चलना ही ठीक होगा।" पतले-दुबले बाबू ने उन्हें ललकारते हुए कहा, "साब, फ्लाइंग स्कवैड तो बड़े-बड़े छापे मारता है, आप इतने से ही डर गए।" इतना तो उन्होंने प्रत्यक्ष में कहा, मन-ही-मन सोच रहे थे, "सौ किलो की देह लेकर फ्लाइंग स्क्वैड के नाम पर दादागिरी करते हैं साले। अब वकीलों के सामने पेशाब निकल रहा है।" लैसन्स बाबू बोले, "अब हम क्या कर सकते हैं, कब्जा तो हो ही गया है।" बोरा बाबू जो सबसे होशियार थे और उत्साही भी, बोले, "अरे ऐसे कैसे होगा। कुछ-न-कुछ तो करना ही चाहिए।" यही सोच-विचार चलता रहा। अन्त में यह तय हुआ कि यदि किसी तरह से वकील साहबानों को कमरे से बाहर निकाल लिया जाय और कमरों में ताला डाल दिया जाय तो काम बन सकता है।

सबसे पहले डिप्टी आर.एम.ओ. साहब के कमरे का खाली कराना जरूरी था। इसका बीड़ा बोरा बाबू ने उठाया लेकिन यह जरूरी था कि इस प्लान का पता वकीलों को समय से पहले न लगे। इसलिए बिल्डिंग में सामने वाले दरवाजे से न घुसकर पीछे वाले दरवाजे से जाना था। बोरा बाबू सामने के दरवाजे से अन्दर गए। दरवाजे की चिक को उठाकर बोरा बाबू ने अपना गला खँखारकर थोड़ी मोटी आवाज में कहा, "वकील साहब, मुवक्किल आया है।" इतना सुनना था कि वकील साहब को जैसे बिजली का झटका लगा, वे कुर्सी से लगभग एक फुट ऊपर उछले और फिर हाथ की डायरी और पेन लगभग फेंकते हुए दरवाजे की ओर दौड़ पड़े। पिछले तीन महीनों से उनके पास कोई केस नहीं आया था। आमदनी नहीं के बराबर थी। किसी मुवक्किल का आना उनके लिए भगवान के अवतार की तरह था। महीनों बाद आए इस मुवक्किल को वह किसी भी हालत में जाने नहीं देना चाहते थे। कमान से छूटे तीर की तरह जब वे कमरे से बाहर निकले तो दरवाजे पर लटकी हुई चिक अपने कुन्दे से टूटकर उनकी पैंट के बकसुए में उलझ गई, और वकील साहब औंधे मुँह गिर गए। बोरा बाबू ने उन्हें सहारा देकर उठाया और चिक के चंगुल से मुक्त कराया।

वकील साहब ने बोरा बाबू को मुवक्किल समझते हुए कहा, ''माफ कीजिएगा, जरा एक केस में उलझा हुआ था। दरअसल मेरे पास इतने इम्पोर्टेंट और कम्पलीकेटेड केसेज हैं कि दम मारने की फुरसत ही नहीं मिलती। मैंने तो आजकल नये केसेज लेना ही बन्द कर दिया है फिर भी अगर आपका कोई बहुत ही जरूरी मामला हो तो देख सकता हूँ। बताइए क्या बात है।'' बोरा बाबू बड़ी मुश्किल से अपनी हँसी दबाते हुए बोले, ''अजी वकील साहब, बहुत मेहरबानी होगी। आप मेरा केस ले लें। अभी मैं आपको पूरी बात बताए देता हूँ। जरा पीछे की तरफ चलिए तो...और वो उन्हें पीछे बिल्डिंग के बाहर ले आए।

इसी बीच लैसन्स बाबू और उनके 'कमान्डोज' पीछे के दरवाजे से अन्दर चौक में आ चुके थे; लैसन्स बाबू ने पूर्व योजना के अनुसार दहाड़ मारते हुए दर्दनाक आवाज पूरे जोर से निकाली, ''हाय मार डाला रे...'' चीखते हुए वो सामने वाले दरवाजे से बाहर भागे। उनके पीछे उनके दो-तीन 'कमाण्डोज' मारो, पकड़ो, बचाओ की आवाजें करते हुए भागे। इन आवाजों का सुनना था कि कार्यालय के सभी कमरों से वकील साहबान निकलकर कौतूहलवश बाहर की ओर भागे। जैसे ही वकील लोग कमरों से बाहर निकले, लैसन्स बाबू के कमाण्डोज के तीसरे दल ने पीछे के दरवाजे से आकर कमरों में ताले डाल दिए।

लैसन्स बाबू बिल्डिंग से बाहर निकले तो दरवाजे के बीस कदम दूर पर खड़े जामुन के पेड़ के नीचे पेट पकड़कर लेट गए। सब वकील साहबान उनके चारों ओर गोल बनाकर खड़े हो गए। उत्तेजित आवाजों में टीका-टिप्पणी शुरू हो गई।

''अरे भाई, क्या हो गया?''

''निश्चय ही छुरा मारा गया है, तुरन्त पुलिस बुलवाइये।'

''चश्मदीद गवाहों के नाम अभी से नोट कर लिए जायें।''

''पुलिस की ओर से गवाही। मैं नहीं देनेवाला।''

''छुरा मारते किसने देखा। मेरा मतलब है सबसे पहले किसने देखा।''

''अगर छुरा मारा है तो खून कहाँ है। सेम्पुल सील करना होगा, इसके बिना केस छूट जायेगा।''

''अरे तो आप ही डिफेन्स काउन्सिल बन जाइये न, ही-ही-ही...'' उत्तेजना जब कम हुई तो लोगों ने देखा कि कहीं भी खून का निशान नहीं है। लैसन्स बाबू अपना पेट पकड़कर बैठे हैं। वे पेट पकड़े बल खाते हुए जोर से चिल्लाये, ''इस साले गुप्ता ने पता नहीं किस चीज की पकौड़ियाँ खिला दीं, पेट दर्द से फटा जा रहा है।''

वकील साहबानों को अब सारा मामला समझ में आया। मुँह से 'ओफ

ओ' की आवाजें निकालते हुए, हाथ झुलाते हुए वे वापस बिल्डिंग की ओर चले। बरामदे में पहुँचे तो अन्दर का नजारा बदला हुआ था। सारे कमरे बन्द थे और उनमें ताले पड़े हुए थे। बरामदे के बीच दस-पन्द्रह बाबू लोग कुर्सी डाले विराजमान थे। "ये क्या तमाशा है, कमरों में ताले कैसे डाल दिए आप लोगों ने? पता नहीं, हमारे पास कोर्ट की डिग्री है!" वकीलों के दल के मुखिया श्यामाचरण माथुर एडवोकेट ने कहा। बोरा बाबू, जो कि बाबुओं के दल में सम्मिलित हो चुके थे, ने जवाब दिया, "हमें किसी डिग्री की इत्तिला नहीं है। आज दफ्तर की छुट्टी है, इसलिए दफ्तर बन्द कर दिया गया है।"

"ये सब चालबाजी है; हम लोग दफ्तर पर कब्जा कर चुके हैं।"

"कब्जा कैसे हो गया। दफ्तर बन्द हैं, आज छुट्टी है। हम चोरी का मुकदमा दायर कर देंगे।" "कैसे होगा चोरी का मुकदमा, हम भी देखते हैं। सबके खिलाफ कन्टेम्प्ट आफ कोर्ट का मुकदमा दायर कर दूँगा मैं।" यह वाक्युद्ध चल ही रहा था, कि दरवाजे पर एक गर्जना सुनाई दी, जिसने वकीलों के पैरों के नीचे से जमीन ही खींच ली, "जज साहब ने स्टे आर्डर दे दिया है। बिल्डिंग खाली नहीं होगी।" ये डिप्टी आर.एम.ओ. दफ्तर के इन्स्पेक्टर गोयल साहब थे जो सुबह से ही जिला जज महोदय के यहाँ 'स्टे आर्डर' लाने के लिए प्रयत्नशील थे। इस स्टे आर्डर को लेने के लिए उन्हें प्राइवेट वकील करना पड़ा था। विजयी मुद्रा में सीना चौड़ा करके चलते हुए उन्होंने स्टे आर्डर की एक प्रति, वकीलों के दल के मुखिया श्यामाचरण जी को दी। इसके बाद सारा मामला इस तरह से शान्त हो गया जैसे कि एक फूले हुए गुब्बारे में छेद हो जाने पर हवा निकल जाने से होता है। वकीलों का समूह हाथ झुलाता हुआ सिर झुकाए चला गया।

वकीलों के समूह के चले जाने के बाद, विजय समारोह शुरू हुआ। सभी एक-दूसरे के गले मिले। दफ्तर के सामने वाले ढाबे से चाय व समोसे मँगाए गए। ढाबे वाले ने पैसे नहीं लिए। आज की विजय उसकी भी विजय थी। या अगर दफ्तर बन्द हो जाता तो उसका ढाबा भी बन्द हो जाता। चाय-समोसे की दावत चल ही रही थी कि डिप्टी आर.एम.ओ. साहब भी आ गए। "अरे साहब, आप कहाँ रहे, यहाँ तो बड़ा हंगामा हो गया।" लैसन्स बाबू ने कटाक्ष करते हुए पूछा।

"अच्छा, मैं तो गोशाला वाला गोदाम चेकिंग करने गया था।" डिप्टी आर. एम.ओ. साहब ने पहले से तैयार किया हुआ उत्तर प्रस्तुत किया। वास्तव में वे इस बीच अपने घर पर आराम फरमा रहे थे और संकट की घड़ी के टल जाने का इन्तजार कर रहे थे।

डिप्टी साहब आर.एम.ओ. दफ्तर से 'संकट की घड़ी' टल गई थी।

❑❑

प्रदेश में खाद्यान्न की कमी न हो इसलिए सरकार अक्सर गेहूँ-बाजरा इत्यादि के प्रदेश से बाहर जाने पर प्रतिबन्ध लगा देती थी। कोई भी व्यक्ति बिना परमिट के प्रदेश से बाहर खाद्यान्न नहीं ले जा सकता था। इसी प्रतिबन्ध योजना के अन्तर्गत आस-पास के प्रदेशों की सीमा पर इण्टर-स्टेट बैरियर बनाए गए थे। हर बैरियर पर एक विशिष्ट निरीक्षक, कई निरीक्षक, कामदार और चौकीदारों की तैनाती की गई थी। अक्सर यह शिकायत आती रहती थी कि बैरियरों पर निरीक्षक व चौकीदार नहीं रहते थे, ड्यूटी नहीं देते थे। इन्हें पकड़ने के लिए आकस्मिक निरीक्षण की जरूरत थी। कुमार साहब ने फतेहपुर सीकरी पर लगे बैरियर का आकस्मिक निरीक्षण करने का बीड़ा उठाया। नवम्बर का महीना था, सुबह के ग्यारह बजे थे। उनका प्लान था कि बिना पूर्व सूचना के वो इण्टर-स्टेट बैरियर पर पहुँचकर स्टाफ को आश्चर्यचकित कर देंगे और मौके पर रजिस्टर और कागजातों की छानबीन करेंगे। गाड़ी के अन्दर बैठे हुए वो 'एक्शन' में आने के लिए कुलबुला रहे थे। 'बैरियर' सीकरी से तीन किलोमीटर आगे राजस्थान और उत्तर प्रदेश की सीमा पर स्थित था। सीकरी 'पास' हो जाने के बाद वो तन कर बैठ गए। बैरियर आने ही वाला था लेकिन आश्चर्य, घोर आश्चर्य, सीकरी निकलने के बाद लगभग आधा घंटा गाड़ी दौड़ती रही, बैरियर का कहीं पता नहीं था। उन्होंने ड्राइवर रामलाल से पूछा, "अरे भाई, बैरियर कहाँ है?" "आता ही होगा, हुजूर," रामलाल ने दबी जबान से कहा। पाँच मिनट बीत गए। कुमार साहब ने फिर पूछा, "अरे, रामलाल, बैरियर कहाँ है?" "जी आता ही होगा, मैं तो कभी यहाँ आया नहीं हुजूर," रामलाल ने अपनी मजबूरी बताई।

पाँच मिनट और बीत गए। कुमार साहब को लगा जैसे वो दूसरे शहर पहुँच गए हों। हर शहर की पहचान काले, गन्दे-भद्दे रंग की सड़क के किनारे रखे खोखे और छप्पर से ढँकी चाय की दुकानें दिखाई देने लगी। कुमार साहब का माथा ठनका। उन्होंने गाड़ी रुकवाई। पता चला, भरतपुर पहुँचने वाले थे। फौरन गाड़ी मोड़ी। वापस चले और पूछते-पूछते सीमा पर वापस पहुँचे। सीमा पर चाय की दुकान थी। चाय की दुकान वाले ने बताया कि किसी जमाने में यहाँ एक बैरियर हुआ करता था। पिछले दो-तीन वर्ष से वह बैरियर हट गया। क्योंकि यहाँ कभी कोई ट्रक पकड़ी ही नहीं गई। चार-पाँच गिलास चाय पिलाने के बाद चाय वाला अपना बयान कलमबन्द कराने को तैयार हुआ। बयान लेकर, अपनी असफलता और 'आपरेशन सरप्राइज इन्स्पेक्शन' की इस हश्र पर अपना गुस्सा दबाते हुए कुमार साहब वापस दफ्तर आ गए। दफ्तर में रिकार्ड देखने पर पता चला कि बैरियर पर एक वरिष्ठ निरीक्षक, दो निरीक्षक व चार कामदार

पिछले दो वर्ष से बराबर तैनात थे। नतीजा, चारों कामदारों का निलम्बन, दोनों निरीक्षकों को चार्जशीट और वरिष्ठ निरीक्षक का तबादला। इतने आदेश कर देने के पश्चात् कुमार साहब ने सोचा उन्होंने काफी तगड़ा एक्शन लिया है और इससे चारों ओर तहलका मच जायेगा।

तहलका मचा जरूर, लेकिन हर जगह अपने-अपने ढंग से। चतुर्थ श्रेणी कर्मचारी संघ ने तुरन्त बैठक बुलाकर प्रस्ताव पारित किया कि चारों कामदारों की कोई गलती नहीं है, गलती निरीक्षकों की है। अतः उन्हें निलम्बित करना अनुचित है। तुरन्त बहाल किया जाये।

दोनों निरीक्षक यानी इन्सपेक्टर केवल चार्जशीट हुए थे निलम्बित नहीं, इसलिए उन्हें कोई खास फर्क नहीं पड़ा। फर्क पड़ भी कैसे सकता था, आज तक चार्जशीट होने के पश्चात कोई भी निरीक्षक नौकरी से नहीं निकाला गया था। केवल प्रमोशन ही रुक सकता था लेकिन पिछले बीस वर्षों से उन निरीक्षकों का भी प्रमोशन नहीं हुआ था जो कभी भी चार्जशीट नहीं हुए। इसलिए दोनों निरीक्षकगणों ने चूँ तक नहीं की। माफी भी माँगने नहीं आए।

लेकिन वरिष्ठ निरीक्षक महोदय आए। माफी माँगने नहीं धन्यवाद देने। बोले, "सर, मैं आपको धन्यवाद देने आया हूँ। मैं पिछले दो वर्षों से इस बैरियर पर तैनात था। कई बार लिखकर दिया कि मेरा तबादला किसी सेण्टर पर कर दिया जाये लेकिन मेरी सुनी नहीं, अब आपने मेरा तबादला कर दिया, आपका बहुत-बहुत धन्यवाद। सर, थैंक्यू जी।" कुमार साहब की समझ में नहीं आया कि क्या कहें। अनायास ही उनके मुँह से निकल पड़ा, 'मैनशन नाट।"

इधर चतुर्थ श्रेणी कर्मचारियों ने कुमार साहब को ज्ञापन प्रस्तुत किया। इस ज्ञापन का मजमून कुछ इस प्रकार था–

सेवा में,

श्रीमान कुमार साहब

विषय–चतुर्थ श्रेणी कर्मचारियों का अनावश्यक उत्पीड़न तुरन्त समाप्त करने विषयक ज्ञापन।

महोदय,

इस समय खाद्य-विभाग के चतुर्थ श्रेणी कर्मचारी जिस प्रकार का नारकीय व बँधुआ मजदूर जैसा जीवन व्यतीत कर रहे हैं उसकी ओर हम आपका ध्यान आकर्षित करना चाहते हैं। महोदय, इस विभाग के चतुर्थ श्रेणी कर्मचारियों को चौबीसों घंटे राजकीय गोदामों पर ड्यूटी देनी पड़ती है लेकिन इन गोदामों पर मानवीय सुविधाओं का सर्वथा अभाव है। यह चौकीदार किसी तरह, आँधी, पानी, बरसात, गर्मी की लू भरी दोपहरी में, सर्दी की कड़कती रातों में, जिन्दगी के

थपेड़ों को सहते हुए ड्यूटी देते हैं। न इनके रहने के लिए गोदाम के पास मकान हैं और न सुरक्षा के लिए हथियार। कुछ गोदाम चौकीदार बँधुआ मजदूरों की तरह इण्टर-स्टेट बैरियरों पर ड्यूटी देते हैं। इन बैरियरों पर केवल झोंपड़े हैं, और कुछ जगह वे भी नहीं। टूटी-फूटी बाँस-बल्लियों से बनाए गए बैरियर दूर-दूरस्थ जंगलात में स्थापित हैं। सुरक्षा की कोई व्यवस्था भी नहीं है। अक्सर रातों को ट्रक-चालक इन बैरियरों को तोड़ते हुए निकल जाते हैं और दण्डित किया जाता है चौकीदारों को।

महोदय, इसके अलावा कुछ चौकीदार अधिकारियों के घर पर कार्य करते हैं जो कि अनुचित है। इन्हीं चतुर्थ श्रेणी कर्मचारियों में आते हैं कामदार। कामदारों से सभी तरह का काम लिया जाता है। गोदामों पर रजिस्टरों की देख-रेख, मुख्यालय पर फाइल वर्क, कभी-कभी चौकीदार इत्यादि-इत्यादि।

महोदय, चतुर्थ श्रेणी कर्मचारियों में सरकारी गाड़ियों के ड्राइवर भी शामिल हैं। ये दिन-रात अधिकारियों के यहाँ ड्यूटी देते हैं फिर भी तनख्वाह आठ घंटे की मिलती है। वर्दी भी मिलती है तो दो वर्ष में एक बार। चपरासी वर्ग के हालात तो और भी खराब हैं, कोई पुर्सा हाल नहीं।

ऐसी परिस्थितियों में विनम्र निवेदन है कि चतुर्थ श्रेणी कर्मचारियों का उत्पीड़न तुरन्त बन्द किया जाए, निलंबित किए गए कर्मचारियों को बिना शर्त बहाल किया जाए, एरियर्स का भुगतान किया जाए, जी.पी.एफ. की पासबुकें बनाई जाएँ। सर्विस बुकों को अविलम्ब पूर्ण किया जाए। अन्यथा खाद्य विभाग के समस्त चतुर्थ श्रेणी कर्मचारीगण अनिश्चित कालीन हड़ताल पर जाने को मजबूर होंगे।

सचिव,
चतुर्थ श्रेणी कर्मचारी संघ,
खाद्य-विभाग, आगरा।

प्रतिलिपि

मुख्य मंत्री, उत्तर प्रदेश
खाद्य मंत्री
खाद्य सचिव
जिलाधिकारी

कुमार साहब इस ज्ञापन को पूरा पढ़ने से पूर्व ही इस निश्चय पर पहुँच गए थे कि चारों कामदारों को बहाल कर दिया जाए और चेतावनी देकर उनके खिलाफ चल रही विभागीय कार्यवाही समाप्त कर दी जाए।

❑❑

"भई वाह, वज़ीरे आज़म, आगरा शहर के लोगों ने दुश्मन की फौजों को शहर के अन्दर घुसने से रोकने का बहुत अच्छा इन्तजाम किया है। यमुना किनारे यह चौड़ी खाई खोदकर, ईंट-पत्थर बिछाकर तैयारियाँ दुरुस्त हैं। आखिर हमें यह खयाल अपने जमाने में क्यों नहीं आया!" बादशाह शाहजहाँ ने वज़ीरे आज़म की ओर मुखातिब होते हुए पूछा।

"आलम पनाह, गुस्ताखी माफ हो तो कुछ अर्ज करूँ।" वज़ीरे आज़म ने अपनी हँसी को रोकने में पूरी ताकत का इस्तेमाल करने हेतु कहा।

"क्या बात है वज़ीरे आज़म, हम समझे नहीं। फर्माइये क्या कहना चाहते हैं। क्या हमसे कोई गलती हो गई है?" शाहजहाँ ने हैरान होते हुए पूछा।

"बात दरअसल यह है आलम पनाह कि जमुना किनारे यह कोई खाई-खन्दक नहीं है जिससे कि दुश्मन की फौजों को रोका जा सके। और न ही ये ईंट-पत्थर ही आगरावासियों ने बिछाये हैं। यह आगरा शहर की मशहूर जमुना रोड है। वर्षों से इसकी मरम्मत नहीं हुई है। जगह-जगह से रोड टूट जाने से ये ईंटें उखड़कर इधर-उधर बिखर गई हैं।" वज़ीरे आज़म ने फरमाया।

"लाहौल बिला कूवत, इसकी मरम्मत क्यों नहीं कराई जाती?" शाहजहाँ और भी हैरान हो गया।

"आलमपनाह, ये पी.डब्ल्यू.डी. का रोड है। पी.डब्ल्यू.डी. इसे नगरपालिका को देना चाहती है। इसके बारे में सरकारी आदेश भी जारी हो चुका है। कई बार नाप-जोख भी हो चुकी है। लेकिन पिछले दस साल से हैण्ड-ओवर नहीं हो पाई है। फिर इस सड़क पर मेरा मतलब है रोड पर, दिन-रात ट्रक चलते हैं। सड़क कच्ची, भारी ट्रक; नतीजा यह है," वज़ीरे आज़म ने कहा।

"तो ट्रक शहर के बाहर खड़े हों।" शाहजहाँ ने कहा।

"जी हाँ, नगरपालिका यही चाहती है। शासन के आदेश भी यही हैं। ट्रक कम्पनियों के मालिक भी यही कहते हैं। शहर के बाहर ट्रांसपोर्ट नगर भी बन चुका है। वहाँ कुछ ट्रक खड़े होते भी हैं। लाखों रुपया खर्च कर सरकार ने इसे बनाया है। पहले ट्रक सिर्फ जमुना रोड पर खड़े होते थे, अब यहाँ भी खड़े होते हैं, वहाँ भी खड़े होते हैं। शहर के अन्दर भी खड़े होते हैं, बाहर भी खड़े होते हैं, सड़क के किनारे और बीचों-बीच खड़े होते हैं..." वज़ीरे आज़म जैसे किसी बहाव में बोले जा रहे थे लेकिन शाहजहाँ आगे सुनने के लिए तैयार नहीं था। झल्लाहट उसके चेहरे पर उभर आई थी। बोला, "अगर हर आदमी यह कहता है कि ट्रक शहर के बाहर खड़े होने चाहिए तो ट्रक हर जगह शहर के अन्दर क्यूँ खड़े होते हैं? कौन जिम्मेदार है इस बदइन्तजामी के लिए?"

वज़ीरे आज़म के बाल धूप में सफेद नहीं हुए थे। अपनी हाजिर-जवाबी के लिए वह मशहूर थे और उनकी वज़ीरे आज़म बनने की एक खास वजह यह भी रही थी। बोले, ''आलमपनाह, जिम्मेदारी नगरपालिका की है। शहर की सड़कों की मरम्मत, सफाई, स्ट्रीट लाइट, पीने का पानी, इस सबकी जिम्मेदारी नगरपालिका की है। इसलिए नगरपालिका चुंगी, हाउस टैक्स, वाटर टैक्स की वसूली करती है। सरकार से रोड ग्राण्ट भी मिलती है। नगरपालिका का प्रशासक इस सबके लिए जिम्मेदार है लेकिन आलमपनाह दूसरी तरह से देखें तो प्रशासक की जिम्मेदारी नहीं भी है। उसके पास पावर क्या है? मजिस्ट्रेट भी नहीं है वह। ट्रैफिक का सिपाही सलाम तक नहीं ठोंकता उसे।

''आलमपनाह, जिम्मेदार पुलिस भी हो सकती है। पुलिस मैनुअल के अनुसार उसे शहर में ट्रैफिक कण्ट्रोल करना, सड़कों पर जाम को हटाना है, और यह भी देखना है कि आवागमन अवरुद्ध न हो। लेकिन आलीजाह, पुलिस करे तो करे क्या? उसे सिर्फ चालान करने की ही तो पावर है, जुर्माना और सजा करने की पावर नहीं है। पुलिस जब भी चालान करती है तो जुडीशियरी उसे दस-बीस रुपये फाइन कर छोड़ देती है। कभी-कभी ट्रैफिक का सिपाही खुद ही छोटा-मोटा फाइन कर ट्रक छोड़ देता है।

''आलीजाह, जिम्मेदार जुडीशियरी भी हो सकती है। जब चालान हो, केस कोर्ट में आए, भारी फाइन और सजा होनी चाहिए। लेकिन उनकी जिम्मेदारी नहीं भी है। चालान के बाद पैरवी करने कोई आता ही नहीं। मुकदमे इतने हैं कि फुरसत ही नहीं। कुछ मुकदमे तो पेशकार को ही निपटाने पड़ते हैं।

''जहाँपनाह, जिम्मेदारी जिला मजिस्ट्रेट की भी हो सकती है। शहर में अमन-चैन कायम रखना उसका फर्ज है। अब तक जितने भी नियम-कानून बने हैं उनमें जिला-मजिस्ट्रेट का नाम कहीं-न-कहीं जरूर होता है। सरकार ने उसे गाड़ी, बंगला, टेलीफोन, दरबान, अंगरक्षक, सभी कुछ दिया है। जिले के सारे अफसरों पर उसका दबदबा होता है। सीधे शासन से बात कर सकता है लेकिन जहाँपनाह जिला मजिस्ट्रेट करे तो करे क्या? पुलिस पर भी रोब कम हो गया है। पुलिस अधीक्षक की सी.आर. वह लिखता नहीं है। नगरपालिका का प्रशासक अब वह नहीं है, पहले था। रोड ग्राण्ट तो उसकी मर्जी से खर्च होती नहीं। चालान कर सजा करने की सारी पावर जुडीशियरी में चली गई है और फिर उसे यह सब दिखाई भी कम देता है। सर्किट हाउस जाने के लिए एम.जी. रोड है ही। जब जिला मजिस्ट्रेट की गाड़ी निकलती है तो ट्रैफिक का सिपाही जोर से सीटी बजाकर सैल्यूट मारता है तो लगता है कि सबकुछ ठीक-ठाक है।

''एक तरह से देखा जाए तो जिम्मेदारी शहरवासियों की भी है। हैरान-परेशान तो वही होते हैं लेकिन ट्रैफिक नियमों की न तो जानकारी है और

न ही वह इसकी जरूरत समझते हैं। हर आदमी दूसरे से आगे निकलना चाहता है। ट्रैफिक की रेड लाइट पर रुकना अपनी तौहीन समझते हैं। दुकानदार अपनी दुकानें फुटपाथों पर आगे बढ़ाने में चूकते नहीं। लेकिन शहरवासी करें क्या? जब सब काम सरकार का है तो यह सब भी वह ही देखे। इनको क्या मतलब. ..''

यह सब सुनकर शाहजहाँ के सिर में दर्द होने लगा। उनके मुँह से सिर्फ इतना निकला, ''आखिर इस शहर में कोई हाकिम है या नहीं।''

''हाकिम हैं कई, इकबाल नहीं है आलीजहाँ। चलिए वक्त हो गया है, अब चलें,'' वज़ीरे आज़म ने कहा और शाहजहाँ को लेकर ताज वापस चले गए।

❑❑

शासनादेश था कि दृष्टिहीन व्यक्तियों को राजकीय सेवा में वरीयता दी जाए। शासनादेश का अनुपालन करते हुए कालिकाप्रसाद को चार वर्ष पूर्व तीन माह के लिए पानी पिलाने की ड्यूटी पर रखा गया था। तीन माह पूरे होने के बाद उसकी नौकरी खत्म हो गई और वह वापस सड़क पर आ गया। 'दृष्टिहीन कामगार संघर्ष समिति' के अध्यक्ष ने उसे सलाह दी कि उसे अपने हक के लिए लड़ना चाहिए और पक्की सरकारी नौकरी हासिल करनी चाहिए। पिछले चार वर्षों से उसका संघर्ष चल रहा था, वह पक्की रेगुलर नौकरी चाहता था और वह उसे नहीं मिल रही थी। जब कुमार साहब ने पदभार सँभाला तो हमेशा की तरह कालिकाप्रसाद ने बड़े तपाक से साक्षात्कार किया। कुमार साहब ने उसकी पूरी बात ध्यानपूर्वक सुनी और कालिकाप्रसाद को आश्वासन दिया कि वे जो कुछ भी कर सकते हैं अवश्य ही करेंगे। बस यहीं से कालिकाप्रसाद का नम्र निवेदन, आग्रह, पुनाग्रह, दुराग्रह एवं अन्ततः सत्याग्रह शुरू हो गया। ऐसा नहीं कि कुमार साहब ने कालिकाप्रसाद को नौकरी देने की कोशिश न की हो। उन्होंने पूरी कोशिश की या कहना चाहिए कि भरसक प्रयास किया। लेकिन वे सफल नहीं हुए। कालिकाप्रसाद पानी पिला सकता था, एक जगह बैठकर। पानी भरकर लाने का काम दूसरे चौकीदार को करना पड़ता था। गर्मी का मौसम बीत जाने पर पानी पिलाने की नौकरी खत्म हो गई। अब क्या काम दिया जाए। चौकीदारी वह कर नहीं सकता था। डाक बाँटने के लिए साथ में एक और चपरासी, क्योंकि सरकारी दफ्तरों में ब्रेल भाषा में कार्य नहीं होता। फाइलों पर नोटिंग-ड्राफ्टिंग असम्भव। कुर्सी बुनने की पक्की नौकरी। कुल मिलाकर पचहत्तर कुर्सियाँ थीं पूरे दफ्तर में। अगर कालिकाप्रसाद उन्हें हर तीसरे महीने बुनता तो भी दिन में दो घंटे से ज्यादा समय नहीं लगता। मतलब यह कि खाद्य-विभाग में उसके

लिए उपयुक्त स्थान नहीं था।

कुमार साहब कालिकाप्रसाद को पक्की नौकरी दिलाने की उम्मीदें छोड़ चुके थे लेकिन कालिकाप्रसाद ने उम्मीद नहीं छोड़ी थी। उसने सत्याग्रह करने का निश्चय किया और दफ्तर के गेट के पास तम्बू गाड़ लिया। चर्चा थी कि तम्बू दफ्तर के ही कुछ असन्तुष्ट तत्त्वों ने मानवीय आधार पर लगवा दिया था। सत्याग्रह शुरू में शान्तिपूर्वक चलाया गया। सुबह दस बजे से कालिकाप्रसाद तम्बू में आकर लेट जाता। उसके साथ चार-पाँच व्यक्ति सहानुभूति में तम्बू में बैठते थे। सारे दिन बीड़ी-तम्बाकू, चाय-पानी चलता रहता था। उसे स्थानीय 'दृष्टिहीन कामगार संघर्ष समिति' का पूरा समर्थन प्राप्त था, शान्तिपूर्वक सत्याग्रह का कोई असर न देख चौथे दिन तम्बू में माइक फिट कर दिया गया। सारे दिन माइक पर कोई-न-कोई भाषाण, सौहार्दपूर्ण प्रवचन चलते थे। केवल सहयोग की माँग की जा रही थी। कुमार साहब पर फिर भी असर नहीं पड़ा। सातवें दिन सत्याग्रह को अनशन, आठवें दिन प्रदर्शन व नवें दिन संघर्ष का रूप दे दिया गया। अब इस संघर्ष में 'दृष्टिहीन कामगार संघर्ष समिति' की प्रादेशिक फेडरेशन ने योगदान किया।

दसवें दिन संघर्ष अपने चरम बिन्दु पर था। तम्बू के ऊपर बड़े-बड़े माइक लगा दिए गए थे। कुमार साहब के दफ्तर में घुसते ही धुआँधार भाषण शरू हो गए। 'दृष्टिहीनों' की कठिनाइयों का विषय अब काफी पुराना और लचर हो चुका था इसलिए खाद्य विभाग और कार्यालय में फैले भ्रष्टाचार व काले कारनामों पर प्रकाश डाला जा रहा था। कुमार साहब का पारा घड़ी की सुई के साथ ऊपर चढ़ता जा रहा था। लोहा गरम था, चोट करने का सही मौका था। अतः खाद्य-विभाग को छोड़कर कुमार साहब के घर पर लगे बँधुआ मजदूरों की तरह मिले हुए सरकारी कर्मचारियों की व्यथा बखान की जाने लगी। उन पर किस तरह 'मेम साहब' द्वारा जुल्म ढाए जा रहे थे। इसका भी वर्णन किया गया। मेम साहब किस तरह रोज-रोज बाजार जाकर गुलछर्रे उड़ाती थीं और नौकरों को बाजार भेज-भेजकर परेशान कर रही थीं, इस पर चर्चा होने लगी। कुमार साहब गुस्से से लाल हो गए, झटके से कुर्सी से उठ खड़े हुए और धड़धड़ाते हुए कमरे से बाहर निकलकर तम्बू में पहुँच गए। एम्लीफायर को उठाकर जमीन पर पटक दिया। उसके दो टुकड़े हो गए। माइक को वक्ता से छीनकर जमीन पर दे मारा और तम्बू के दो बाँस गिरा दिये। इतनी कारगुजारी के बाद वे दफ्तर में आकर बैठ गए।

तम्बू में इस अचानक 'हमले' से खलबली मच गई। थोड़ी देर आन्दोलनकर्ता संकट में आ गए। फिर चीख-पुकार मच गई, 'अरे बचाओ', 'अंधे गरीब को मार डाला।' 'कैसा दुष्ट इन्सान है, हाय', हाय इस चीख-पुकार को

सुनकर दफ्तर के सारे बाबू और चपरासी कार्यालय के बरामदे में इकट्ठे हो गए। गुस्सा सभी को चढ़ा हुआ था। पिछले कई दिनों से तम्बू में लगा माइक उन्हें परेशान कर रहा था। काम करना हराम था। उन पर भ्रष्टाचार के आरोप खुलकर लगाए गए थे। बड़े बाबू ने बताया कि पिछले वर्ष भी कालिकाप्रसाद ने अनशन किया था और उसे कुर्सी बुनने की नौकरी दे दी गई थी लेकिन उसने कुर्सी बुनने का काम नहीं किया, चपरासी की नौकरी देने की जिद करता रहा और कार्यालय में शोर मचाता रहा। इसलिए बाबू लोग भी कालिकाप्रसाद को दफ्तर में कोई कार्य देने के विरुद्ध थे। कुछ लोगों ने सलाह दी कि कालिकाप्रसाद से सख्ती से निपटा जाय ताकि हमेशा के लिए समस्या से छुटकारा मिल सके। अतः पास के थाने में रिपोर्ट लिखा दी गई। थाने से एक इन्स्पेक्टर साहब आए। इन्स्पेक्टर साहब का नजरिया था कि किसी भी दिशा में शान्ति भंग नहीं होनी चाहिए। इसलिए उन्होंने कुमार साहब को सलाह दी, "हजूर, सर, आप अपने आप कुछ मत करिये, बकने दीजिए, भौंकने दीजिए इन लोगों को, क्या फर्क पड़ता है। ऐसे तो रोज ही तम्बू लगे रहते हैं और लोग मन्त्रियों तक का घेराव कर उल्टा-सीधा सुनाते हैं। बोलने दीजिए इन्हें, अपने आप चुप हो जाएँगे। वैसे मैं सब कुछ देख लूँगा सब ठीक हो जायेगा।" इतना कहकर, सलाम ठोंककर वे चले गए। लेकिन न उनको पुलिस फोर्स भेजना था और न भेजा।

दूसरे दिन राष्ट्रीय स्तर के कुछ प्रतिनिधिगण आए। वे लोग कुमार साहब के कमरे में वार्ता करने के लिए बिना निमन्त्रण के ही आ गए। मुख्य प्रतिनिधि प्यारे भाई अग्रवाल ने बात शुरू की, "हम लोग इन गरीब दृष्टिहीनों के बारे में कुछ कहने आए हैं आपसे। वैसे तो हम प्रधानमंत्री के पास जाने वाले थे लेकिन सोचा पहले आपको भी बता दें। बात यह है श्रीमन्...", प्यारे भाई की आवाज में काफी रूखापन था और उन्होंने बिना किसी सम्बोधन या सौहार्दसूचक शब्द के अपनी बात शुरू कर दी थी। लेकिन कुमार साहब भी भरे हुए बैठे थे। प्यारे भाई की बात खत्म नहीं हो पाई थी। उन्होंने बीच में टोका, "अरे पहले आप मेरी बात सुन लें। मैंने पूरी सहानुभूति दिखाई है आपके इन कालिकाप्रसाद महाशय को, लेकिन बदतमीजी देखिये सीधे मेरे परिवार वालों पर कीचड़ उछाल रहे हैं। तो भई मैंने ये नौकरी गाली खाने के लिए तो की नहीं। मैं कोई समझौता करने के लिए..."

प्यारे भाई स्थिति की गम्भीरता समझ गए थे। उन्हें अपने सूत्रों से सारी वारदात का पता चल चुका था। जो हुआ था, उससे वे भी सहमत नहीं थे। अपनी आवाज को सातवें आसमान से धरातल पर लाते हुए और उसमें मिठास घोलते हुए बोले, "सर, जो आपके ऊपर व्यक्तिगत आरोप लगाये गए, उनके लिए मैं खुद क्षमा माँगता हूँ लेकिन आप जरा ठण्डे दिमाग से सोचते हुए कृपा

करें...''

वातावरण अब धीरे-धीरे सामान्य हुआ। कुमार साहब का गुस्सा ठंडा हुआ तो उन्होंने कुछ समय के लिए कालिकाप्रसाद को कुर्सी बुनने का काम देने का वायदा किया।

फिलहाल कालिकाप्रसाद का आमरण अनशन समाप्त हो गया।

❑❑

''वज़ीरे आज़म, वह देख रहे हैं नीचे एक बग्गी दिखाई दे रही है। जरूर यह किसी अमीर-उमराव का मकान होगा।'' शाहजहाँ ने वज़ीरे आज़म को नीचे एक लाल रंग की इमारत में खड़ी दो घोड़ों वाली बग्गी को दिखाते हुए कहा।

''आलमपनाह अगर मुनासिब समझें तो नीचे चलकर देखा जाए।'' वज़ीरे आज़म ने सुझाव दिया। दोनों धरातल पर आ गए। यह बग्गी लाल रंग की एक भव्य इमारत के पोर्टिको में खड़ी थी। छह पहिये की आठ सीटों वाली यह बग्गी काफी आकर्षक थी। बग्गी पर चालक मुगलकालीन पोशाक पहने खड़ा था। इसमें कुछ विदेशी बैठे हुए आपस में हँस-हँसकर बातें कर रहे थे। फिर उन्होंने चालक से कहा। वाहन-चालक ने गर्दन हिलाई और बग्गी में जुते घोड़ों की रास को झटका दिया। घोड़े दुलकी चाल से चलते हुए, बग्गी को लेकर चले गए। बग्गी से नजर घूमी तो इमारत की ओर गई। इमारत में दाखिल होने का रास्ता एक पुल से था। पुल के ऊपर लिखा था 'हुमायूँ ब्रिज'। अपने पूर्वजों का नाम लिखा देखकर शाहजहाँ का सर अदा से झुक गया। सर झुकाए-झुकाए अपने वज़ीरे आज़म से पूछा, ''वजी़रे आज़म, हमारे परबाबा का मकबरा तो देहली में था, यहाँ कैसे आ गया?'' वज़ीरे आज़म के पास इसका कोई जवाब नहीं था। वे चुप रहे।

हुमायूँ ब्रिज पर टाई और सूट से लैस एक व्यक्ति खड़ा आगन्तुकों का स्वागत कर रहा था। आगन्तुकों में देशी और विदेशी दोनों थे। शाहजहाँ को यह देखकर बड़ा आश्चर्य हुआ कि सूट-बूट से लैस ये व्यक्ति विदेशियों का स्वागत करते समय पूरी ताकत से मुस्कराता था। देशी आगन्तुकों का स्वागत करते समय वह मुस्कराहट कुछ कम होती थी और उसमें झल्लाहट का भी कुछ अंश दृष्टिगोचर होता था।

हुमायूँ ब्रिज से होकर दोनों लोग शीशे के घूमने वाले दरवाजे से अन्दर दाखिल हुए। दरवाजे के दाईं तरफ मीना बाजार लगा हुआ था। मीना बाजार में हीरे-जवाहरात से बने कंगन, हार, झुमके, बाली और तमाम जेवरों के ढेर लगे थे। देखकर आँखें चकाचौंध हो गईं। शाहजहाँ के मुँह से निकला, ''बड़ी दौलत

है हिन्दुस्तान में अभी!" "गुस्ताखी माफ करें आलमपनाह," वज़ीरे आज़म ने खँखारते हुए कहा, "ये सब नकली हैं।" खिन्न मन से शाहजहाँ फौरन मीना बाजार से बाहर चला आया। लाबी के अन्दर बाईं ओर रिसेप्शन था। रिसेप्शन पर कुछ सूटधारी मुँह सिले खड़े हुए थे। किसी भी आगन्तुक को रिसीव नहीं कर रहे थे वरन् आगन्तुकगण खुद उनके पास आते, कुछ क्षमा याचना सी करते प्रतीत होते थे। यहाँ भी देशी-विदेशी में कुछ फर्क अवश्य था। विदेशी आगन्तुक आते तो रिसेप्शन पर खड़े व्यक्ति कहते, "वेलकम टू दा होटल सर, व्हाट कैन आई डू फार यू?" और अनायास ही मुस्करा देते। देशी आगन्तुक आता तो यह मुँह सिले खड़े रहते। आगन्तुक को खुद ही कहना पड़ता, "एक्सक्यूज मी, कैन यू टेल मी व्हेयर–" ये देशी आगन्तुक हमेशा यहाँ माफी ही क्यों माँगते थे यह शाहजहाँ की समझ में नहीं आ रहा था।

हर आदमी औरत, बच्चा बहुत धीमी दबी आवाज में अंग्रेजी भाषा में बात कर रहा था। जैसे इन सबको किसी का डर दिल में बैठा हुआ था। गलती से एक छोटी बच्ची ने रिसेप्शन के पास रखे माडर्न आर्ट के एक अजीबोगरीब नमूने की ओर उँगली करते हुए कहा, "मम्मी, यह लड़की का टुकड़ा क्या है?" उसकी मम्मी ने उसकी ओर आँखें तरेरकर देखा। लड़की समझ गई। उसने फौरन अंग्रेजी में दोहराया, "मम्मी, व्हाट् इज दिस पीस आफ वुड?" मम्मी की साँस में साँस आ गई। जवाब देना उसने जरूरी नहीं समझा।

"यह सब लोग अंग्रेजी में क्यों बात कर रहे हैं।" शाहजहाँ ने वज़ीरे आज़म से पूछा।

"जरूर किसी विदेशी का घर है यह आलीजाह?" वज़ीरे आज़म ने अकल के घोड़े दौड़ाते हुए कहा।

"लेकिन है तो हिन्दुस्तान में ही।" शाहजहाँ ने कहा। शायद वज़ीरे आज़म अभी बात पूरी नहीं कर पाये थे कि कानों में सितार ध्वनि गूँजने लगी।

"वाह तानसेन की औलाद..." शाहजहाँ सितार की आवाज सुनकर खुशी से भर उठा। दोनों लाबी की ओर चल दिये।

सितारवादक ऊपर जाने वाले जीने के बगल में पड़े तख्त पर बैठा राग पीलू बजा रहा था। उसके सामने हाल के बीचोंबीच गुलाबी रंग के गोलाकार सोफे पर बैठे विदेशी आनन्द में सिर हिला रहे थे। पास में खड़े दो आगरा निवासी स्वदेशियों में वार्तालाप चल रहा था, "व्हाट नानसेन्स। दे हैव पुट ऍ सितार रिसाइटल टुडे। "व्हाई काण्ट दे आरगेनाइज ए जाज डिस्पले।" सितार की कदर भी विदेशों में ज्यादा होती थी। 'जा अमरीका जा, तानसेन की औलाद।' शाहजहाँ ने सोचा। सोफे के ऊपर लटका झाड़ू कला के इस पारखी को बहुत पसन्द आया। पूछा, "क्या वह ईरान से आया है?" "जी नहीं आलीजाह।"

"तो अफगानिस्तान से आया होगा।"

"जी नहीं, आलमपनाह।"

"तो इटली के कारीगरों ने गढ़ा होगा।"

"नहीं, आलमपनाह, ये फिरोजाबाद में बना है" वज़ीरे आज़म ने शाहजहाँ की जिज्ञासा शान्त की।

बार की मखमली गद्दियों पर बैठे लोग अंगूर की पेटी से भरी बोतलें और अपने मेजबानों की जेबें खाली कर रहे थे। नीचे तरणताल के किनारे 'पूलपार्टी' चल रही थी। तालाब को देखकर शाहजहाँ खुश हुआ। अनायास ही उसके मुँह से निकला, "जिस अमीर का भी हो, महल अच्छा है। यहाँ जनानखाना किधर है?"

"आलमपनाह, यहाँ मर्द-औरत में कोई फर्क नहीं। सब साथ रहते हैं जनाना-मर्दाना एक ही है।" वज़ीरे आज़म ने फर्माया।

"लाहौल बिला कूवतं।" शाहजहाँ अपने को रोक न सका।

दोनों लोग शीशे की खिड़की से पूलपार्टी का नजारा देखने लगे। तभी होटल के किसी कोने से गाने की आवाज उभरी—

इन्हीं लोगों ने,
इन्हीं लोगों ने,
इन्हीं लोगों ने ले लीना
दुपट्टा मेरा...

इस गाने की आवाज के साथ ही पैरों की धमधम सुनाई दी। जिज्ञासावश शाहजहाँ डाइनिंग हाल में चला गया। छोटे-से हाल में, करीब पचास-साठ स्त्री-पुरुष-बच्चे खाना खा रहे थे। हाल के बीच में तख्त पर दो लड़कियाँ गरारा और दुपट्टा पहने नाच रही थीं और गा रही थीं। ऐसा नहीं कि खाने वाले खुश हो। सबके सब परेशान नजर आ रहे थे लेकिन बोल कोई कुछ नहीं रहा था। विदेशी इसे भारतीय संस्कृति का एक और अनूठा नमूना समझ रहे थे और एप्रीशियेट करने की कोशिश कर रहे थे। देशी लोग तो फाइव-स्टार कल्चर से पहले ही दबे हुए थे इसलिए उनके आसपास जी भी हो रहा था, वह अच्छा था। यही सोचकर मुँह सिले चुपचाप खाने के साथ इस नाच को भी गले के नीचे उतारे जा रहे थे।

"भई जिस अमीर का भी हो, खाना खिलाने की तमीज नहीं," शाहजहाँ ने फर्माया।

"जी आलमपनाह, बारह बज रहा है," वज़ीरे आज़म ने समय की ओर इशारा किया।

"चलो चलें," दोनों वापस ताज आ गए।

❑❑

पिछली रात को, चम्बल के किनारे एक अज्ञात वस्तु शाम को बारह बजे आसमान से उतरी। उसमें से पाँच काले कपड़े पहने आदमी उतरे, उन्होंने चम्बल का पानी पिया, और कुछ वस्तुएँ नदी किनारे की बालू में दबा दीं। करीब आधा घण्टे रुकने के बाद यह वस्तु फिर से आकाश में उड़ी और लुप्त हो गई। लोगों में दहशत समाई हुई है। अभी तक इस बारे में कुछ भी पता नहीं चल सका है। जिला प्रशासन भी मौन है।

यह खबर आगरा के अखबारों में बड़ी-बड़ी सुर्खियों में छपी। पूरे शहर में सनसनी फैल गई। लोग तरह-तरह की अटकल बाजी करने लगे। काफी दिन से इस प्रकार की कोई जोरदार घटना शहर में नहीं हुई थी। जन जीवन जरूरत से ज्यादा शान्त चल रहा था, कहीं कोई हलचल कोई लड़ाई-झगड़ा नहीं था। अखबारों को सुर्खियों के लिए खबरों की कमी पड़ रही थी। अखबारों की बिक्री भी कम हो रही थी। इसके साथ ही नेताओं, जनवक्ताओं को जनसभाओं में उछालने के लिए कोई मुद्दा नहीं मिल रहा था। इस खबर से समस्या का हल हो गया। शाम के अखबार में जन प्रतिनिधियों, शिक्षकों, भविष्यवक्ताओं, तान्त्रिकों, शुभचिन्तकों, विभिन्न एसोसियेशनों के अध्यक्षों, उपाध्यक्षों, मंत्रियों और महामंत्रियों इत्यादि-इत्यादि के बयान छपे। कुछ बयानों के नमूने पेश हैं–

"शहर के ऊपर जो संकट की घटा छा गई है, आखिर इसके लिए कौन जिम्मेदार है। कल रात को एक अज्ञात विमान जो निश्चय ही किसी दुश्मन का होगा, देखा गया और प्रशासन ने अभी तक कोई कार्यवाही नहीं की।"–महामंत्री नागरिक परिषद्।

"यह संकट इस शहर के लिए ही नहीं, पूरे उत्तर प्रदेश एवं राष्ट्र के लिए काली घड़ी है। सरकार ने यदि तुरन्त कार्यवाही नहीं की तो हमें आन्दोलनात्मक कदम उठाने के लिए विवश होना पड़ेगा।"–नेता विपक्षी दल।

"यह अज्ञात काली वस्तु, मंगल ग्रह से आया विमान हो सकता है"–प्रोफेसर वाई.एम. चतुर्वेदी, आगरा कालेज।

"आकाश से अज्ञात वस्तु का नदी के तट पर उतरना, प्रलय का संकेत है।"–तांत्रिक प्रोफेसर चिन्मय जी महाराज एक हजार आठ।

"शहर पर यदि संकट आया तो समूचा छात्र वर्ग अपनी जान की बाजी लगा देगा।"–वीरेन्द्र कुमार चौहान, अध्यक्ष छात्र परिषद्, सेण्ट जान कालेज, आगरा।

अफवाहों का बाजार गर्म था। इस गर्मी की गमक लखनऊ तक पहुँची। फौरन रेडियोग्राम जिला कलेक्टर व वरिष्ठ पुलिस के नाम धड़-धड़ाता चला गया।

इट हैज बीन रिपोर्टेड दैट एन अननोन आब्जेक्ट...सेन्ड कम्पलीट इन्फरमेशन विद फुल डिटेल्स इमीडियेटली। इससे पहले कि कलेक्टर साहब अपने ए.डी. एम. से पूछें कि वह एस.ए.पी. महोदय से प्रश्न के उत्तर के बारे में सूचना भेजने के लिए पत्र लिखें, कमाण्डर साहब का टेलीफोन आ गया। उन्होंने बताया कि गत रात्रि सेना के जवान नाइट लैण्डिंग की एक्सरसाइज कर रहे थे इसीलिए चम्बल नदी के किनारे रात के बारह बजे हैलीकाप्टर उतारा गया था। दूसरे दिन यह खबर समाचार पत्रों में छपने के लिए भेज दी गई। खबर छपी लेकिन ऐसी छपी जहाँ निगाह पहुँचना जरा मुश्किल था। जिस खबर से शहर में सनसनी न फैले, उस खबर का कोई अखबार के लिए कोई महत्त्व नहीं होता और जिस खबर से फैली हुई सनसनी से कम होने की आशंका हो उसका छापना तो गुनाह है खैर, खबर, छपी, पढ़ी भी गई और शहर में फैली सनसनी धीरे-धीरे खत्म हो गई। शहर के अखबार एक बार फिर सुर्खियों वाली खबरों के लिए मोहताज हो गए। फिर अखबारबाजी का सहारा लेना पड़ा।

हिन्दुस्तान के किसी भी बड़े शहर में अखबारबाजी एक जाना-माना जुमला है। भारत के प्रख्यात कूटनीतिज्ञ चाणक्य द्वारा ईजाद की हुई सभी समस्याओं को हल करने की अचूक नीति साम, दाम, दण्ड, भेद में अब एक और अस्त्र जुड़ गया है—अखबारबाजी। कहने का मतलब यह है कि चाणक्य नीति का वर्तमान स्वरूप है—साम, दाम, दण्ड, भेद और अखबारबाजी। जिन समस्याओं का हल पहले चार अस्त्रों से न निकले वह अखबारबाजी के बल पर निकल आता है। अखबारबाजी की सफलता का रहस्य है, आज के आदमी की अखबार पढ़ने की आदत और जो अखबार से पढ़ा उसे सही मानने की मजबूरी। जो कुछ अखबार में छप गया, वह तब तक सही है जब तक कि उसे झूठ साबित न कर दिया जाए। इस अस्त्र का प्रयोग सबसे ज्यादा राजनीतिज्ञों द्वारा किया जाता है। एक-दूसरे के खिलाफ मामले उछाल करके। उसके बाद इसका प्रयोग सरकारी अधिकारियों के कर्मचारियों के विरुद्ध किया जाता है। अक्सर लोग इसका प्रयोग आपसी मामले निपटाने के लिए भी करते हैं।

अखबारबाजी, अपने आप में एक कला है, इसका प्रयोग करना आसान कार्य नहीं है। इसके प्रयोग में मुख्य बात यह है कि प्रयोग करने वाले का नाम सामने नहीं आना चाहिए। नाम पता चल जाने पर जवाबी अखबारबाजी शुरू हो जाती है। और कागजी आक्रमण बेअसर हो जाता है। कभी-कभी अखबारबाजी अखबार निकालने वाला स्वयं करता है। नया अखबार निकलने के शुरू में यह आवश्यक भी होता है, नई उत्पत्ति का अहसास कराने के लिए।

अक्सर अखबारबाजी के प्रयोग में यह समस्या सामने आती है कि जिस व्यक्ति विशेष के विरुद्ध ये अस्त्र प्रयोग किया जा रहा है, उस तक यह सूचना

कैसे पहुँचे और लागत कैसे कम की जाए। जिस व्यक्ति के विरुद्ध इस अस्त्र का प्रयोग किया जा रहा हो, उस तक अखबार की प्रति पहुँचाना अत्यन्त आवश्यक है। तब वह व्यक्ति समझता है कि उसकी बदनामी हो रही है। इससे उसका जीना हराम हो जाता है, मानसिक तनाव से ग्रस्त रहता है। रातों की नींद गायब हो जाती है। इसके साथ ही यह भी आवश्यक होता है कि इस अखबार की प्रतियाँ उस व्यक्ति विशेष के दोस्तों और दुश्मनों दोनों के पास पहुँचें और अनावश्यक जनता के पास न पहुँचें। दोस्तों के पास अखबार पहुँचने से उनके मन में शंका के बीज उत्पन्न हो जाते हैं। दुश्मनों के लिए यह एक सुनहरा अवसर होता है और वे इस अखबार की अतिरिक्त प्रतियाँ प्राप्त करके शिकायती पत्रों के साथ ऊपर भेजते हैं। जनसाधारण के लिए इन अखबारों का कोई महत्त्व नहीं होता है। वरन् उससे अखबार की साख ही गिरती है। इसलिए यह आवश्यक होता है कि अखबारबाजी के समय अखबार की अनावश्यक प्रतियाँ निकाली जायें। इन चीजों को ध्यान में रखते हुए, ऐसे अखबारों की केवल गिनी-चुनी प्रतियाँ निकाली जाती हैं। पहली प्रति टारगेट के पास। कुछ प्रतियाँ भविष्य में प्रयोग के लिए सुरक्षित रख ली जाती हैं।

अखबारबाजी की यह कला इस समय हिन्दुस्तान में काफी पनप रही है।

❑❑

शाम के छह बजे का समय था। कुमार साहब अपने लान में बैठे हुए कोई पुस्तक पढ़ रहे थे। उन्हें कार्यभार सँभाले तीन माह हो चुके थे। काफी काम समझ में आने लगा था। अर्दली ने आकर खबर दी, "हुजूर, डिप्टी साहब आए हैं।" "आने दो," कुमार साहब ने कहा। सोचा किसी जरूरी कार्य से आए होंगे। डिप्टी साहब ने आकर जरूरत से ज्यादा झुककर कहा, "नमस्कार सर।" "बैठिए," कुमार साहब ने सामने रखी हुई कुर्सी की ओर इशारा करते हुए कहा। "जी नहीं, मैं खड़ा ही ठीक हूँ।" डिप्टी साहब बैठे नहीं। "अरे बैठिए-बैठिए, खड़े-खड़े कैसे बात होगी।" कुमार साहब ने पुनः आग्रह किया। उन्हें लगा, आज डिप्टी साहब कुछ ज्यादा ही विनम्रता दर्शा रहे थे। डिप्टी साहब बैठ गए और चुप हो गए। एक मिनट इन्तजार करने के बाद, कुमार साहब ने ही चुप्पी तोड़ते हुए कहा, "कहिए, कैसे आए?" "जी सब ठीक है," डिप्टी साहब ने कहा। फिर चुप्पी छा गई। कुमार साहब ने फिर चुप्पी तोड़ते हुए कहा, "कहो भई, कैसे आए?" अब डिप्टी साहब ने अपना झुका हुआ चेहरा उठाया, कुछ देर कुमार साहब की ओर देखते रहे, फिर बोले, "सर, मैं पिछले दो महीने से कोशिश कर रहा हूँ। लेकिन अभी तक हिम्मत नहीं जुटा पाया।" कुमार साहब के कान

खड़े हुए, उन्होंने पूछा, "बताओ भई, क्या बात है।" "सर बात यह है, आगरा में कुछ दस्तूर रहा है। यहाँ कुछ पुरानी परम्परा रही है। सर, यहाँ आठ आटा मिल हैं, हर महीने एक-एक हजार रुपये की परम्परा..."

कुमार साहब के ज्ञान चक्षु अब खुल गए। उन्हें डिप्टी साहब की अति विनम्रता का राज समझ में आ गया। उनके दिमाग में खून तेजी से चढ़ने लगा, आँखों में डोरे उभर आए। तरह-तरह के ख्याल आने लगे। मन हुआ कि, उनके सामने मौजूद मटमैली रबड़ जैसे चेहरे के दोनों हाथों से पकड़कर खींच डालें। फिर सोचा यह ठीक नहीं रहेगा। खड़े होकर इसी वक्त इस सज्जन को सौ गालियाँ सुनाते हुए धक्के मारकर बाहर निकाल दें। लेकिन हश्र क्या होगा? अखबारों में बड़े-बड़े अक्षरों में एक सनसनीखेज खबर, उन्होंने अपने आप पर काबू रखते हुए सोचा फिर पाँच मिनट चुप्पी के बाद बोले, "देखिये डिप्टी साहब, अब तक जो आपने किया हो, इसमें मुझे कोई दिलचस्पी नहीं। और मेरे यहाँ से जाने के बाद क्या करोगे, इससे भी मुझे मतलब नहीं लेकिन जब तक मैं यहाँ हूँ तब तक ये समझ लें कि यहाँ कोई परम्परा-वरम्परा नहीं है और जिस दिन मैंने तुम्हें पकड़ लिया, उस दिन छोड़ूँगा नहीं, समझ गए।"

डिप्टी साहब, झटके से खड़े हो गए। अचानक उनमें बहुत फुर्ती आ गई थी, बोले, "जी सर, मैं समझ गया सर। जैसा आप कहेंगे, वैसा ही होगा सर। मैं चलता हूँ सर, नमस्कार सर।"

डिप्टी साहब और ज्यादा झुककर नमस्कार करते हुए, गेट के बाहर चले गए। कुमार साहब को भी झटका-सा लगा था। उनको सामान्य ख्याति में आने में कुछ समय लगा। वे उठकर अन्दर चल दिये। पोर्च में कार खड़ी थी। उसकी बगल से निकलते हुए, उन्होंने देखा कि उनका अर्दली कार के पीछे से उठकर अन्दर की ओर गया। अक्सर ऊँचा सुनने का बहाना करने वाले इस आदि मानव के कान काफी चौकन्ने नजर आ रहे थे। इस अर्दली के बारे में कुछ विस्तार से न बताना न केवल उसके साथ गैरइन्साफी होगी वरन् पूरी अर्दली जाति का अपमान होगा। अर्दली, या जमादार की उत्पत्ति कहाँ से हुई, यह कहना जरा मुश्किल है। लेकिन यह बात तय है कि अर्दली और जमादार के नाम से जाने वाले सरकारी कर्मचारियों की शुरुआत कलेक्टर के ओहदे से ही जुड़ी है। हमेशा कलेक्टर के साथ, साये की तरह रहता है अर्दली। इनकी सफेद पोशाक आज से सौ साल पहले के जमाने की याद दिलाती है। सफेद पायजामा, सफेद कोट, छाती पर बिल्ला और छापेदार पगड़ी। कलेक्टरों के ज्यादातर अर्दली बड़ी-बड़ी रौबदार मूँछें भी रखते हैं। सुबह शाम, दोपहर कुल मिलाकर दिन में कम-से-कम बीस-तीस बार अपने साहब को झुककर सलाम करना मामूली बात है। कलेक्टरों की शानोशौकत के चाँदों में से ये भी एक मुख्य चाँद है। कलेक्टरों की जमींदारों

की परम्परा को और कई कार्यालयों में शुरू किया गया है। कुमार साहब के यहाँ भी अर्दली था, मकसूद अहमद काला, पतला, पाँच फुट तीन इंज कद। दिन भर बीड़ी पीता था इसलिए दमे का मरीज। इसके साथ ही कतई निरक्षर, टेलीफोन भी नहीं मिला सकता था। मुलाकात करवाना और कुमार साहब की हर बात हर कदम पर नजर रखना उसका खास काम था। इसलिए हर आदमी, उसकी इज्जत करता था। कुमार साहब को भी पता चल गया कि उसकी इज्जत क्यों होती थी।

❑❑

कुमार साहब बाजरा काण्ड की रोमांचकारी गाथा सुन रहे थे। गाथा सुना रहे थे, टाइप बाबू सर्वेश्वरदयाल सक्सेना।

"सर, उन दिनों में राजस्थान में बड़ा भयंकर सूखा पड़ा था। सैकड़ों आदमी भूख से मर रहे थे। सरकार बाजरे के आटे में गुड़ मिलाकर एक पौष्टिक आहार तैयार करवाकर बँटवा रही थी। उन दिनों प्रदेश से बाजरा बाहर जाने पर रोक थी लेकिन राजस्थान में सूखा के लिए बाजरे से बने पदार्थों के भेजने के लिए परमिट जारी करने की इजाजत दे दी गई थी। आगरा के कुछ लोगों ने एक सोसायटी बना ली और बाजरे का परमिट बनवा लिया, राजस्थान जाने का। सोसायटी रजिस्टर्ड भी नहीं थी लेकिन परमिट दे दिया गया। शायद कहीं से फोन-वोन आया था। दस दिन के अन्दर करीब सौ ट्रक बाजरा भेज दिया गया। फिर एक दिन एक शिकायती पत्र प्राप्त हुआ। शिकायत थी कि यह सोसायटी फर्जी है और सारा-का-सारा बाजरा दिल्ली के बाजारों में बेचा जा रहा था। एक इन्स्पेक्टर था। बड़े साहब ने उसी को इन्क्वायरी दी। उसने पता लगा दिया, बाजरा राजस्थान नहीं जा रहा था, दिल्ली जा रहा था। एक ट्रक पकड़ा भी गया, कोसी बैरियर के पास।"

"भई वो इन्स्पेक्टर कहाँ है आजकल?" कुमार साहब ने पूछा।

इस प्रश्न के उत्तर में, टाइप बाबू सक्सेना साहब थोड़ी देर शून्य में ताकते रहे, फिर ठंडी साँस छोड़ते हुए बोले, "सर इस भण्डाफोड़ के एक महीने बाद वो मोटर साइकिल पर जाते समय दो ट्रकों के बीच में दबकर मर गया।" इतना सुनने के बाद इस बारे में कुछ और पूछने की हिम्मत कुमार साहब में नहीं थी। वे अपनी फाइलें उलटने-पलटने लगे।

❑❑

हर गल्ला मण्डी की खाद्य-विभाग को झेलने की अपनी अलग-अलग शक्ति होती है। बड़ी मण्डियों में ज्यादा निरीक्षक और वरिष्ठ निरीक्षक खा जाते हैं और छोटी मण्डियों में कम। अगर मण्डी बड़ी हो और निरीक्षणगण कम तो मण्डी पर नियन्त्रण कम हो जाता है। व्यापार दिन दूना रात चौगुना बढ़ने लगता है। यदि निरीक्षकगण ज्यादा हों तो उनमें आपस में क्षेत्राधिकार का झगड़ा उत्पन्न हो जाता है, और व्यापार का दम घुटने लगता है। मण्डी उन्हें झेल नहीं पाती। यही हुआ सैया मण्डी में। मण्डी की क्षमता केवल निरीक्षक को झेलने की थी। कुमार साहब ने वरिष्ठ निरीक्षक भी नियुक्त कर दिया।

सैया बाजार मण्डी में नवनियुक्त वरिष्ठ निरीक्षक ने अपनी कारगुजारी शुरू की। मध्य प्रदेश के बार्डर पर बनी इस अनाज मण्डी निरीक्षक ने अपनी तैनाती के तीसरे दिन ही सारी मण्डी में चेकिंग कर डाली। एक व्यापारी के यहाँ लाही, सरसों, चंना, मटर और उदड़ की दाल के स्टाक में अन्तर पाया गया। वरिष्ठ निरीक्षक महोदय ने पूरा स्टाक सीज कर दिया। माल सुपुर्दगी में दे दिया गया। वरिष्ठ निरीक्षक नये थे, निरीक्षक पुराने थे और अभी तक इस मण्डी में केवल निरीक्षक ही तैनात रहे थे—वरिष्ठ निरीक्षक नहीं। निरीक्षक महोदय का अब तक एकछत्र राज्य था। वरिष्ठ निरीक्षक के आने से उसमें हस्तक्षेप हुआ। मण्डी में उसका जोर भी कम हो गया। साम, दाम, दण्ड, भेद की नीति में से भेद को चुनते हुए निरीक्षक ने वरिष्ठ निरिक्षक के विरुद्ध शिकायती पत्र अभियान शुरू कर दिया। उधर सुपुर्दगार को भी तैयार किया गया। उसने धीरे-धीरे सील किए गए स्टाक को बदलने का कार्य शुरू कर दिया। शिकायती पत्र अभियान के पश्चात् परगना अधिकारी के यहाँ शिकायत हुई। उसके पश्चात् ए.डी.एम. साहब के यहाँ व्यापारियों का एक दल मिलने गया। अन्ततः पन्द्रह दिन बाद सैया बाजार व्यापार मण्डल का एक दल, जिलाधिकारी महादेय और कुमार साहब से मिलने गया। नतीजा, वरिष्ठ निरीक्षक महोदय का स्थानान्तरण कर दिया गया। लेकिन कुमार साहब ने एक गलती कर दी। एक दूसरा वरिष्ठ निरीक्षक सैया बाजार में तैनात कर दिया गया।

निरीक्षक महोदय की समस्या का समाधान नहीं हो पाया था। उन्हें लगा कि फिर पूरी प्रक्रिया शुरू से प्रारम्भ करनी पड़ेगी लेकिन ऐसी स्थिति नहीं आने पाई। दूसरे वरिष्ठ निरीक्षक शर्मा जी को बहुत दिन बाद मण्डी का चार्ज मिल पाया था। उन्होंने पिछली कमियों को दूर करने की ठान ली। तैनाती के ठीक तीसरे दिन, शर्मा जी ने बाजार के समस्त व्यापारियों की एक सभा का आयोजन किया। इस सभा में विभिन्न जन-समस्याओं के साथ मुख्य विचारणीय बिन्दु यह था कि सैया मण्डी से मध्य प्रदेश भेजे जाने वाले ट्रकों पर प्रति ट्रक क्या शुल्क लिया जाए? बस यहीं अटक गई, व्यापारी बन्धु पच्चीस रुपये से एक पैसा ज्यादा

देने को तैयार नहीं थे, जबकि शर्मा कम-से-कम डेढ़ सौ रुपयों की उम्मीद रखते थे। लिहाजा यह द्विपक्षीय वार्ता विफल हो गई। शिकायती पत्रों, डेली मैसेजों का ताँता फिर शुरू हो गया। व्यापार मण्डल ने वरिष्ठ निरीक्षक को तुरन्त हटाने और कड़ी अनुशासनात्मक कार्यवाही करने की माँग की। माँग पूरी न होने पर तीन दिन के बाद बाजार बन्द और अनिश्चितकालीन हड़ताल की घोषणा कर दी गई। शिकायतें जिलाधिकारी और ऊपर तो पहुँच ही गई थीं, अब और ऊपर शासन में भी पहुँचीं। ऊपर से निर्देश एवं नीचे से जनता की माँग का फिर असर हुआ—वरिष्ठ निरीक्षक का तबादला।

इसी बीच सुपुर्दगार ने अपनी कारगुजारी दिखाते हुए, सील स्टाक पूरा बदल डाला था और अब बोरों में लाही, चना, मटर और उड़द की दाल के बदले भूसा भर दिया गया था। इसकी भी शिकायत हुई। जाँच की गई, शिकायत सही पाई गई। निरीक्षक, पहले वरिष्ठ निरीक्षक और दूसरे वरिष्ठ निरीक्षक यानी शर्मा जी, सबके सब निलम्बित हो गए। सैया मण्डी में छापा मारने का सबक खाद्य-विभाग को ऐसा मिला था कि आगे के दस सालों में कोई निरीक्षक यह हिम्मत नहीं कर सकता था।

❑❑

''शहर में चुड़ैल, चारों ओर दशहत।'' आगरा से निकलने वाले सायंकालीन अखबारों में पिछले पेज पर बड़ी सुर्खियों में यह खबर छपी थी। काफी दिनों से शहर में कोई हलचल नहीं हुई थी। इस खबर ने वातावरण बदल दिया। दूसरे दिन की सुबह के अखबारों ने विस्तृत विवरण छापा।

''शहर में गत तीन दिनों से चुड़ैल का आतंक छाया हुआ है। जानकार सूत्रों ने बताया है कि यह चुड़ैल रात को घरों के दरवाजों पर लाल सिन्दूर से सतिया का निशान बना देती है। दूसरे दिन से ही घर के सबसे बड़े पुरुष को तेज ज्वर चढ़ने लगता है। ज्वर बड़ी तेजी से बढ़ता है, कोई दवा काम नहीं करती। तीसरे दिन व्यक्ति की मृत्यु हो जाती है। इससे बचने का केवल एक ही उपाय बताया गया है। बालूगंज के तिराहे पर बने काली के मन्दिर से दी गई भभूत से फायदा होना बतलाया गया है। अब तक दस-बारह व्यक्तियों की मृत्यु हो चुकी है। संख्या कहीं अधिक भी हो सकती है।''

इस चुड़ैल ने लगातार एक सप्ताह तक आगरा शहर के दैनिक अखबारों की बिक्री कराई और फिर जिस तरह आई थी, उसी तरह गायब भी हो गई। लेकिन साप्ताहिक पत्रों में महीनों चर्चा का मुख्य विषय यही रहा।

□□

कालीचरन शर्मा, खाद्य निरीक्षक की नजर बहुत दिन से चीनी के ट्रक पर लगी थी। एक ट्रक में लगभग पैंतालीस हजार रुपये की चीनी आती थी। साल में करीब पच्चीस ट्रक चीनी वह अपने क्षेत्र में बाँटता था। हर ट्रक में से एक-दो बोरा चीनी इधर-उधर कर देना उसके बायें हाथ का खेल था। लेकिन इस एक-दो बोरे चीनी से उसका कुछ भला नहीं हो रहा था। खाद्य निरीक्षक की नौकरी करने से पहले वो एक इण्टरमीडियेट कालेज में लेक्चरर था। लेक्चररशिप छोड़कर खाद्य निरीक्षक की नौकरी करने पर तनख्वाह में पूरे पचास रुपये कम हो गए थे लेकिन फिर भी उसे खुशी थी। उसे पूरा विश्वास था कि तनख्वाह के ऊपर जो आमदनी होगी उससे उसकी सारी जरूरतें पूरी हो जायेंगी। मकान बनाने व अपने पड़के को घी की दुकान कराने का लक्ष्य जो उसने रखा था, इस सबके लिए कम-से-कम तीन-चार लाख रुपये की आवश्यकता थी। नौकरी के दस साल बीत चुके थे लेकिन अभी उसकी मंजिल काफी दूर थी। वह केवल मकान के लिए प्लाट ही खरीद पाया था। मकान बनाने के लिए पैसा नहीं था। लड़का किराये की दुकान में कड़वे तेल का छोटा-मोटा व्यापार कर रहा था। घी का व्यापार शुरू करने लायक हालत अभी नहीं थी। एक-दो बोरा चीनी प्रति ट्रक के हिसाब से आगामी कई वर्ष तक सफलता की कोई उम्मीद नजर नहीं आती थी।

हर आदमी को अपनी जिन्दगी में कभी-न-कभी एक बड़ा निर्णय लेना पड़ता है। इसी निर्णय से उसकी जिन्दगी का नया मोड़ शुरू होता है। कालीचरन शर्मा को भी एक बड़ा निर्णय लेना पड़ा था। एक-दो बोरा चीनी प्रति ट्रक की रफ्तार से चलता रहे और अपने मकान और दुकान के लक्ष्य को भूल जाए अथवा एक पूरे ट्रक पर हाथ साफ कर एक बड़ा जोखिम उठाए और अपने लक्ष्य के करीब पहुँच जाए। कालीचरन शर्मा ने काफी सोचा। सोचते हुए किसी शायर की ये पंक्तियाँ याद आईं "गिरते हैं शहसवार ही मैदान जंग में।" बस उसने जोखिम उठाने का निर्णय ले लिया।

माह जनवरी की दस तारीख। हमेशा की तरह कालीचरन शर्मा सुबह आठ बजे चीनी गोदाम पर पहुँचा और गोदाम इंचार्ज को पचास रुपये थमा दिये। दस बजे तक उसका चीनी का ट्रक लदकर तैयार हो गया। ट्रक लद जाने पर उसे इश्यू स्लिप गोदाम इंचार्ज को वापस कर देनी चाहिए थी लेकिन इश्यू स्लिप वापस करने के बजाय उसने गोदाम इंचार्ज को पचास रुपये का एक और नोट थमा दिया। बात आई-गई हो गई। पचास का नोट देखकर गोदाम इंचार्ज इश्यू स्लिप की बात पूरी तरह से भूल गया। बारह तारीख को गोदाम के सारे स्टाक की बदली हो गई।

नया स्टाफ आ गया। गोदाम इंचार्ज भी बदल गया। यह बात कालीचरन शर्मा को पहले से ही ज्ञात थी इसलिए वह तेरह तारीख को दुबारा चीनी लेने पहुँच गया। नये गोदाम इंचार्ज को उसने फिर पचास का नोट थमाया। गोदाम इंचार्ज ने इश्यू स्लिप माँगी। इश्यू स्लिप शर्मा ने दे दी। ट्रक लद गया। ट्रक को कालीचरन सीधे शहर के बाहर बने गोदाम में ले गया। इस गोदाम में ट्रक से बोरे उतारे गए और चीनी दूसरे बोरों में भर दी गई। इन नये बोरों पर एक प्राइवेट चीनी मिल के छापे लगे थे। ट्रक फिर दुबारा लोड हुआ और सीधा आगरा मण्डी में पहुँच गया। पचपन हजार की चीनी बिक्री, दस हजार रुपये खर्चा आया। कालीचरन शर्मा को इस ट्रक पर पूरे पैंतालीस हजार का मुनाफा हुआ। उसने अपना मकान बनवाना शुरू कर दिया।

जून के महीने में चीनी के गोदाम का आडिट हुआ और तब पता लगा कि एक ट्रक चीनी गोदाम से ज्यादा इश्यू हो गई थी। पी.सी.एफ. ने खाद्य विभाग की एक ट्रक चीनी रोक ली। कालीचरन शर्मा के क्षेत्र में जून के महीने की चीनी नहीं बँटी। दुखियारी जनता ने शोर मचाया तो भेद खुला। कालीचरन शर्मा खाद्य निरीक्षक तत्काल प्रभाव से निलम्बित कर दिये गए। अच्छा हुआ उसके लिए। उसने अपना मकान और तेजी से बनवाना शुरू कर दिया।

□□

शाहजहाँ वज़ीरे आज़म के साथ आगरा में नये पुल के ऊपर विचरण कर रहा था। शाम के सात बजे का समय था। पुल के नीचे धारनुमा पतली नदी कहीं-कहीं बह रही थी और कहीं-कहीं ठहरी हुई थी। किसी जमाने में नदी के किनारे बनी हुई इमारतों का अक्श इसके पानी में उभर आता था और शाम के वक्त टिमटिमाती रोशनियों की जगमगाहट पानी की वजह से दुगनी हो उठती थी। इस समय न पानी था और न रोशनी। आगरा में बत्ती हमेशा की तरह शाम का सूरज ढलते ही गुम हो चुकी थी। लेकिन इसके बावजूद पुल के ऊपर इस वक्त सैकड़ों रोशनियाँ चमक रही थीं। और साथ में ढेर सारे शंखों, बिगुलों और सीटियों की आवाजें भी आ रही थीं। दरअसल ये रोशनियाँ पुल पर खड़ी मोटरों, ट्रकों, टैम्पो और नाना प्रकार के वाहनों की हेड लाइट्स थीं और ये आवाजें उनके हार्नों और साइरनों की थीं। हर वाहन चालक अपने से आगे वाले वाहनों को चलने का इशारा सभी उपलब्ध साधनों से कर रहा था। लाइटों को जला-बुझाकर तरह-तरह से हार्न बजाकर खिड़की से मुँह निकालकर चिल्लाकर हाथ से इशारा कर, इत्यादि-इत्यादि। वाहन चालकों की उत्सुकता, उकताहट के दौर में गुजरकर झल्लाहट में परिवर्तित हो रही थी और इस झल्लाहट को बढ़ाने में योगदान कर

रहे थे वाहनों के पीछे लिखे हुए स्लोगन। किसी ट्रक के पीछे लिखा था, 'बुरी नजर वाले तेरा मुँह काला' और इसके नीचे लाल रंग की जीभ निकाले किसी जानवर का मुँह बना था। दूसरे ट्रक के पीछे लिखा था, 'देखो मगर प्यार से', इसमें बनी तस्वीर में एक लड़का-लड़की आपस में बुरी तरह उलझे हुए एक-दूसरे का मुँह चाट रहे थे। नीले रंग की एक टैम्पो ने जो शब्द चुने वे थे, 'हमसे टकराकर प्यारे बच नहीं पाओगे।' 'पिंकी दी गड्डी' यह नाम रखा था एक थ्री व्हीलर के मालिक ने अपने वाहन का।

इतनी सारी रोशनियों को देखकर और हार्नों की चीख-पुकार सुनकर शाहजहाँ ने उत्सुकतावश पूछा, "यह क्या है वज़ीरे आज़म।"

"आलमपनाह, इस पुल की सड़क आज फिर टूट गई है इसलिए पिछले एक घण्टे से रास्ता जाम है लेकिन कोई खास बात नहीं है। आलीजाह!" वज़ीरे आज़म ने फर्माया।

"भई हमें तो यह सब लोग बड़े परेशान नजर आते हैं और आप कह रहे हैं कि खास बात नहीं है।"

"गुस्ताखी माफ हो आलीजाह, यह कोई नई बात नहीं है इस पुल के लिए या इन वाहन-चालकों के लिए। दरअसल यह पुल हर हफ्ते टूटता है। कभी एक जगह से और कभी दूसरी जगह से। तब यहाँ वन वे ट्रैफिक हो जाता है। घण्टे आध घण्टे में साफ हो जाता है।" वज़ीरे आज़म ने जवाब दिया।

शाहजहाँ के चहलकदमी करते कदम ठिठक गए। बोला, "वज़ीरे आज़म, इसके लिए कौन जिम्मेदार है? इस पुल को किसने बनवाया था?"

"यह कहना कठिन है आलमपनाह। पुल को राज मजदूरों ने बनाया लेकिन इंजीनियर की देखरेख में। इंजीनियर ने वही किया जो उसके मालिक यानी कन्ट्रेक्टर ने कहा और कन्ट्रेक्टर ने वही किया जो करने का दस्तूर है। बहरहाल जिसने भी बनाया, पुल इस खूबी से बनाया कि यह आज तक एक साथ कभी नहीं टूटा, केवल थोड़ा-थोड़ा कर जगह-जगह से टूट रहा है। निर्माण विभाग पूरी कोशिश कर रहा है यह पता लगाने की कि इस टूट-फूट के लिए कौन जिम्मेदार है। जिस जगह से पुल टूटता है, इन्क्वायरी शुरू हो जाती है यह पता लगाने के लिए कि इस जगह पर किसने काम किया था। काम कठिन है। अगर पुल एक साथ टूटता तो आसान हो जाता।" वज़ीरे आज़म अपनी धुन में बोले जा रहे थे। शाहजहाँ ने हँसी दबाते हुए उन्हें टोका, "ठीक है। लेकिन इससे आगरा-वासियों को कितनी परेशानी है।"

"ननन...।" वज़ीरे आज़म ने शाहजहाँ को बीच में टोकने की जुर्रत करते हुए कहा, "गुस्ताखी माफ हो बादशाह सलामत, आगरा-वासियों की इन परेशानियों का पुल टूटने से कोई ताल्लुक नहीं है। यह ट्रैफिक जाम तो इस बाई पास

पर हर जगह होते हैं। दरअसल...।''

'बाई पास' शब्द को सुनते ही शाहजहाँ के कान खड़े हो गए। उसने पहली बार इसे सुना था। फौरन वज़ीरे आज़म को टोका, ''यह बाई पास क्या हुआ?''

''आलमपनाह, बाई पास का मतलब हुआ वह रास्ता जो शहर के बाहर से गुजरे, जहाँ कम आबादी हो और जहाँ ज्यादा भीड़-भाड़ न हो। जिसे शहर के अन्दर न जाना हो वह इस बाई पास के सहारे सीधे ही आगे निकल जाए।''

''लेकिन ऐसा तो कहीं नहीं नजर आता हमें,'' शाहजहाँ ने फिर कहा।

''बात दरअसल यह है आलमपनाह कि जब यह बाई पास बनाया गया, तो वाकई में बाई पास था। बियाबान था यहाँ। गाड़ियाँ सर्र से निकल जाती थीं।

''धीरे-धीरे यहाँ नई-नई हाउससिंग कालोनियाँ बनने लगीं, बाजार बन गए। सिनेमा, रेस्टोरेंट बन गए। एक पूरा शहर ही बस गया है यहाँ। आलीजाह ऐसा होना नहीं चाहिए था, मास्टर प्लान के मुताबिक लेकिन धीरे-धीरे सारे नियम-कानून का बाइकाट कर यह शहर यहाँ बस गया है।''

''लेकिन ऐसा तो होना ही था वज़ीरे आज़म। यह बात तो एक आम आदमी भी समझ सकता है। पहले नदी किनारे शहर बसते थे क्योंकि नदियों से व्यापार होता था। अब शहर सड़कों के किनारे बसते हैं। व्यापार सड़कों से होता है ना। क्यों क्या ख्याल है आपका?''

''आलीजाह, आप बजा फर्मा रहे हैं। दरअसल सड़क के किनारे नये बाजारों और बस्तियों का बस जाना बाई पास के लिए ही नहीं है। यह बात सभी सड़कों पर लागू होती है। हिन्दुस्तान के किसी भी कोने में देखते जाइए, यही हाल है। जिस गाँव से सड़क निकल जाती है उसके दोनों ओर की जमीनों के दाम बढ़ने लगते हैं, जमीनें बिकने लगती हैं। पेड़ कट जाते हैं, खेती बन्द हो जाती है, छोटे-छोटे प्लाट बन जाते हैं। खेतों और बागान की जगह मकान और दुकान बन जाते हैं। ट्रक वालों के लिए ढाबे और ट्रांसपोर्ट कम्पनियाँ खुल जाती हैं।

''एक बात और है, आलीजाह। आज भी अन्दरूनी गाँवों में बड़ी दहशत है, परेशानी है। अगर कोई चोरी, डकैती, खून-खराबा हो जाय तो पुलिस स्टेशन तक पहुँचना आसान काम नहीं है। सड़क बन जाने से आसानी हो जाती है। इसलिए कई बार, अन्दरूनी गाँवों से बस्तियाँ उजड़कर सड़कों के किनारे आ जाती हैं।'' वज़ीरे आज़म ने शाहजहाँ को समझाया।

''आप बहुत जानकारी रखते हैं, वज़ीरे आज़म। आइए, चलिए अब ताज वापस चलें,'' शाहजहाँ ने वज़ीरे आज़म की हौसला अफजाई की और दोनों वापस ताज चले गए।

❑❑

कुमार साहब दफ्तर में बैठे थे। दोपहर का एक बज रहा था। काम करीब-करीब खत्म हो चुका था। अचानक दफ्तर के बड़े बाबू कान पर ट्रांजिस्टर लगाए बिना पूछे कमरे के अन्दर घुस आए। कुमार साहब की भृकुटी तनते देखकर उन्होंने फौरन बोलना शुरू कर दिया, "सर, इन्दिरा गाँधी को गोली मार दी गई है।"

"व्हाट, व्हाट, क्या कह रहे हैं आप?" कुमार साहब पूरी बात सुनकर भी नहीं समझे। बात समझने वाली थी ही नहीं।

"जी सर, मैंने रेडियो पर अभी-अभी सुना है, इन्दिरा गाँधी को गोली मार दी गई है।" बड़े बाबू ने फिर दोहराया। कुमार साहब ने झपटकर ट्रांजिस्टर अपने हाथ में ले लिया और खबरें सुनने लगे। बात सही थी सोलह आने।

शहर में कर्फ्यू लगा दिया गया था। दंगे-फसाद होने का अंदेशा था। स्कूल कालेज, बाजार, सभी एहतिहातन बन्द कर दिये गए थे। शाम के समय कुमार साहब अपनी कालोनी में घूमने निकले। सामने से दो सिपाही नजर आए। उन्होंने दूर से ही आवाज लगाई, "अरे कौन है, चलो घर के अन्दर।"

कुमार साहब ने सिपाहियों के नजदीक आकर अपना परिचय दिया और बोले, "अपने ही घर के आगे घूम रहा हूँ भाई, खतरा कैसा।" पुलिस का सिपाही केवल कप्तान साहब, मजिस्ट्रेट साहब, मंत्री जी और विधायक शब्द को पहचान सकता है। इसके अलावा उसकी डिक्शनरी में और कोई शब्द नहीं रहता। बोला, "अरे सीधे से कह रहे हैं। घर के अन्दर चले जाओ। शहर में गोली चल रही है।" कुमार साहब के आत्मसम्मान को ठेस पहुँची। बोले, "मैं भी सीधे तरीके से कह रहा हूँ कि अपने ही घर के आगे घूम रहा हूँ और कहीं कोई गोली चलने की आवाजें मुझे नहीं आ रही हैं। आप जाइए जरा अपने इन्स्पेक्टर साहब को बुलाकर लाइए। 'क' सिपाही ने उन्हें घूरकर देखा और इन्सपेक्टर साहब के पास चला गया। फौरन ही लौटकर आया और ऐलान किया, "इन्स्पेक्टर साहब वहीं आपको बुला रहे हैं।"

"मैं नहीं जाऊँगा वहाँ, सामने मकान है लाल गेट वाला। आना है तो वहीं आ जायें।" इतना कहकर परिस्थितियों की लाचारी समझकर, कुमार साहब घर के अन्दर चले आए।

दूसरे दिन, हाथरस के दफ्तर का निरीक्षण करना था। पहले से ही तय था। जाना जरूरी था। कुमार साहब सुबह दस बजे हाथरस पहुँच गए। चौराहे पर जुलूस निकल रहा था। शोक का जुलूस निकल रहा था। शोक और आक्रोश दोनों ही स्वाभाविक थे। लेकिन जुलूस में लगाए जा रहे नारों में हिंसा की हल्की सी बू आ रही थी। जुलूस निकलते-निकलते अचानक ही भगदड़ मच गई।

अकारण ही किसी ने चिल्लाकर कहा, "चल गई", लोग समझे गोली चल गई और फिर जिसका जहाँ सींग समाया उधर ही भाग निकला। गोली चलने की बात से यहाँ हर आदमी को एक अजीब सा रोमांच हो जाता है, डर भले ही लगे, गोली चलने की बात रोजाना की नीरस जिन्दगी में अजीब सी हलचल पैदा कर देती है बशर्ते कि गोली आपके ऊपर न चली हो।

भगदड़ थोड़ी कम हुई तो पता चला, गोली नहीं चली केवल कुछ लोगों में वाद-विवाद के फलस्वरूप चप्पलें चली थीं, घंटाघर के पास। हाथरस के इन्स्पेक्टर साहब ने कुमार साहब को जल्दी ही अलीगढ़ निकल जाने की सलाह दी। और अलीगढ़ से गाजियाबाद।

अलीगढ़ से गाजियाबाद के लिए गाड़ी पकड़नी थी। मेम साहब गाजियाबाद में थीं। वापस लाना था आगरा। अलीगढ़ रेलवे स्टेशन पर आसाम मेल पकड़नी थी। सही समय दोपहर के ढाई बजे का था। शाम के चार बज गए। अपर इण्डिया जो कि सुबह आठ बजे आनी थी, सवा चार बजे आई।

अपर इण्डिया ठीक साढ़े छह बजे गाजियाबाद के रेलवे स्टेशन पर आकर रुकी। पूरे स्टेशन पर सन्नाटा छाया हुआ था। रिक्शा, ताँगा, इक्का, टैक्सी किसी का भी कहीं भी नामोनिशान नहीं था। हाँ पी.ए.सी. का एक ट्रक खड़ा था, लोगों को ले जाने के लिए। कुमार साहब उसी में चढ़ गए और किसी तरह गिरते-पड़ते राजनगर पहुँच गए। घर वालों ने उनकी वीरगाथा सुनकर उन्हें जान की बाजी लगाकर घर पहुँचने के लिए जी भर के कोसा।

❑❑

आगरा के वरिष्ठ निरीक्षक ने चावल मिल के वरिष्ठ निरीक्षक द्वारा भेजा गया चावल का ट्रक वापस कर दिया। मामला तब उछला जब ट्रक मालिक को किराया भाड़ा मिलने में दिक्कत हुई। छानबीन शुरू हो गई तो पता चला कि चावल एफ.ए.क्यू. यानी कि फेयर एवरेज क्वालिटी के अनुसार नहीं था। कुमार साहब के कान खड़े हुए। चावल खरीद के दौरान शासन के कड़े निर्देश थे कि अच्छी किस्म का ही चावल खरीदा जाए। चावल मिलों पर कड़ी नजर रखी जाए, और खाद्य निगम को चावल देने से पहले उसकी जाँच कर ली जाए। इसके बावजूद खराब किस्म का चावल। दूसरे दिन सुबह तूफानी दौरा शुरू हो गया। सबसे पहले धिरौर के मिल में चेकिंग हुई। चावल के बोरों में बदबू आ रही थी फिर मैनपुरी के मिलों में तहकीकात हुई। सड़े हुए चावल के बोरे निकले। काफी गड़बड़ी की गई थी। सभी वरिष्ठ निरीक्षकों को निर्देश दिए कि जहाँ-जहाँ खराब किस्म का चावल लिया गया है, उसे तुरन्त बदल दिया जाए।

तूफानी दौरे के तीसरे दिन, सुबह आठ बजे मैनपुरी के वरिष्ठ निरीक्षक दोहरे साहब आए। कुमार साहब ने मकसद पूछा तो बोले, "सर, मेरी हिम्मत नहीं पड़ रही कुछ कहने की।" कुमार साहब की दिमाग की नसों में खून दौड़ने लगा। गुस्सा दबाते हुए पूछा, "बोलो, जल्दी बोलो।" "सर, ऐसा है कि हर साल चावल खरीद शुरू होने से पहले, एक दस्तूर होता है जो इस साल भी हुआ है। अब आप साहब जैसा ही बताएँ वैसा ही इन्तजाम कर दें।"

कुमार साहब समझ गए इशारा किधर था। निश्चय ही वरिष्ठ निरीक्षक महोदय ने चावल आँख मींचकर खरीदा था और आँखें मींचे रखने की कीमत वसूल कर ली थी। फिर भी उन्होंने सोचा, एक मौका दे दिया जाए पश्चात्ताप करने का। बोले, "देख भई, तुमने किया, ठीक नहीं किया। तुम ऐसा करो कि एक सप्ताह के अन्दर सारा खराब चावल वापस कर, अच्छा चावल ले लो और मुझे रिपोर्ट करो।"

एक सप्ताह बाद वरिष्ठ निरीक्षक महोदय उपस्थित हुए। कुमार साहब के घर पर, शाम को आठ बजे। कुमार साहब ने पूछा, "कहो।"

"साहब, जरा आफिस में चलें।" वरिष्ठ निरीक्षक महोदय बोले।

"क्या बात है, यहीं बताइए।" कुमार साहब ने कहा।

"साहब, जरा आफिस में चलें," वरिष्ठ निरीक्षक महोदय ने पुनः अनुरोध किया।

चन्द्रभूषण सिंह के नाम से जाने जाने वाले वरिष्ठ निरीक्षक की देह काफी भारी-भरकम थी। काला रंग, घुटा हुआ सिर। इस समय इनके चेहरे पर शरारत भरी मुस्कराहट थिरक रही थी। तरह-तरह की आशंकाओं से आतंकित कुमार साहब दफ्तर के अन्दर आए। पीछे आते हुए वरिष्ठ निरीक्षक ने दफ्तर का दरवाजा बंद कर दिया फिर उसका हाथ अपनी पैंट की जेब में चला गया। कुमार साहब को लगा जैसे वो पिस्तौल निकालकर उनके सीने पर तान देगा और कहेगा, 'तुमने बहुत तंग कर रखा है हमारे विभाग के लोगों को, लेकिन अब तुम्हारा अन्त समय आ गया। कर लो अपने भगवान को याद....।' ऐसा नहीं हुआ। जो हुआ वो इससे भी ज्यादा अप्रत्याशित था। चन्द्रभूषण सिंह का हाथ पैंट की जेब से निकला तो उसमें पिस्तौल की बजाय, सौ-सौ के नोटों की एक मोटी गड्डी थी। कुमार साहब सन्न रह गए लेकिन चन्द्रभूषण सिंह पूरी तरह शांत था। बोला, "सर हर साल की तरह इस साल भी चावल खरीद के समय ये इकट्ठा किया था। ये आपका है, आपको लेना...." कुमार साहब को होश आया तो पता चला वो बुरी तरह से चीख रहे थे, "कमबख्त, तेरी हिम्मत कैसे हुई, निकल जा यहाँ से...।"

दूसरे दिन चन्द्रभूषण सिंह निलम्बित हो गया। उसे हेड क्वार्टर से अटैच

कर दिया गया। सड़े हुए चावल के बोरे धीरे-धीरे बदले जाने लगे। आगरा की सरकारी सस्ते गल्ले की दुकानों पर अच्छा चावल मिलने लगा। अचानक ही आगरा के लोग जो सिर्फ बासमती खाते थे, मैनपुरिया चावल भी खाने लगे।

❑❑

अप्रैल का महीना शुरू हो चुका था। खेतों में गेहूँ कटने वाला था। कुछ ही दिनों में बाजार में गेहूँ की आमद होने वाली थी। भाव गिरने लगे थे। हर वर्ष की तरह इस साल भी सरकार ने गेहूँ क्रय केन्द्र खोलने की तैयारियाँ शुरू कर दी थीं। हर जनपद में जगह-जगह, लगभग हर दस किलोमीटर के क्षेत्रफल में गेहूँ क्रय केन्द्र खोले जाने थे, किसानों की सुविधा के लिए। इन केन्द्रों पर सबसे आवश्यक वस्तु थी, जूट का बोरा। और इस वर्ष बोरों की ही सबसे ज्यादा कमी थी। प्रदेश में जरूरत से आधे भी बोरे नहीं थे। चारों तरफ हायतोबा मची हुई थी। चूँकि बोरे कम थे, खरीद केन्द्रों पर गेहूँ तेजी से आ रहा था। हर किसान डरता था कि पता नहीं कब बोरे खत्म हो जाएँ। जिस खरीद केन्द्र पर जाएँ, यही जवाब मिलता था, बोरे नहीं हैं, एक हफ्ते बाद आना। बाजार में गेहूँ के दाम कम थे। किसान जब एक बार गेहूँ केन्द्र पर ले आता तो फिर वापस ले जाना मुश्किल होता। लिहाजा केन्द्र प्रभारी के हाथ-पैर जोड़ने पड़ते। यदि केन्द्र प्रभारी भेंट पूजा से खुश हो जाता तो कहीं न कहीं से बोरों का इन्तजाम कर देता। नहीं तो फिर गेहूँ को किसी आढ़तिये के यहाँ कम दाम पर बेचना पड़ता।

कलकत्ता में जूट मिलों में स्ट्राइक हो गई थी। बोरों की सप्लाई बन्द थी। द्विपक्षीय वार्ता चल रही थी। किसी भी दिन स्ट्राइक खुल सकती थी लेकिन जब तक बोरे नहीं आते, इन्तजाम करना था।

कुछ जनपदों में बोरे ज्यादा थे, खरीद कम थी। कहीं खरीद ज्यादा थी, बोरे कम थे। बोरे एक जनपद से दूसरे जनपद भेजकर काम चलाया जा रहा था। लेकिन एक जनपद से दूसरे जनपद में बोरे भेजना आसान काम नहीं था। इस कार्य में पहली आवश्यकता इस बात की थी कि उस जनपद के कलेक्टर को यह पता नहीं लगना चाहिए कि उसके जनपद से बोरे बाहर भेजे जाने थे। एक बार ऐसा ही हुआ। अलीगढ़ में बोरों की बहुत ज्यादा कमी हो गई थी। लगातार तीन दिन कोई खरीद नहीं हो पाई। हाहाकार मच गया। जुलूस, प्रदर्शन, धरना, घेराव, भूखहड़ताल और आमरण अनशन। ऐसी स्थिति में बराबर के जनपद में बोरे भेजने का इन्तजाम किया गया। वहाँ बोरे ज्यादा थे। खाद्य विभाग के गोदामों में बोरे का स्टाक था। गोदाम का इंचार्ज वरिष्ठ निरीक्षक था। एक जनपद

से दूसरे जनपद बोरे कुमार साहब के आदेश से भेजे जाने थे। कुमार साहब ने आदेश किया कि तीन ट्रक बोरे तुरन्त अलीगढ़ भेजे जाएँ। कलेक्टर साहब को पता लग गया। किसी ने उन्हें बताया कि उनकी इजाजत के बगैर बोरे उनके ही जनपद से बाहर भेजे जा रहे थे। यह भी सम्भव हो सकता था कि वे कुमार साहब से कहते कि बोरे न भेजे जाएँ। लेकिन उन्होंने ऐसा नहीं किया। चूँकि वे जनपद के जिलाधिकारी थे और उनकी इजाजत के बिना वहाँ एक चिड़िया भी पर नहीं मार सकती थी। उन्होंने फौरन अपने एस.डी.एम. को निर्देश दिया कि फौरन वह बोरे भेजना रोक दें। एस.डी.एम. साहब ने आव देखा न ताव, जीप पर सवार होकर बोरा गोदाम पर धावा बोला, और अपना कब्जा कर लिया। उन्होंने गोदाम की चाबी ले ली और आदेश दिए कि बोरों का आबंटन अब कलेक्टर साहब ही करेंगे।

उधर अलीगढ़ में बेचैनी से बोरों का इन्तजार हो रहा था। वहाँ के कलेक्टर साहब ने सीधे ही खाद्य सचिव से बात की और अनुरोध किया, वे तुरन्त खाद्य विभाग के मण्डलीय स्तरीय अधिकारियों को निर्देशित करें कि वे अतिशीघ्र बोरे अलीगढ़ जनपद में भेजना सुनिश्चित करें। सचिव महोदय ने कुमार साहब को फोन मिलाया। कुमार साहब ने आश्वासन दिया कि बोरों का इंतजाम हो रहा है। शीघ्र ही पहुँच जाएँगे। लेकिन बोरे न पहुँचने थे, न पहुँचे। गोदाम पर कलेक्टर का कब्जा था। कलेक्टर अलीगढ़ ने कुमार साहब को फोन न मिलाकर फिर खाद्य सचिव को फोन मिलाया। खाद्य सचिव ने कुमारा साहब को फोन मिलाया। कुमार साहब ने जब फोन उठाया तो टेलीफोन के चोंगे से चिनगारियाँ निकल रही थीं। उन्होंने पूछताछ की तो पता चला, बोरों के ट्रक अलीगढ़ के लिए चले ही नहीं थे। गोदाम की चाबी कलेक्टर साहब के पास थी। इसी बीच कलेक्टर अलीगढ़ का तीसरा टेलीफोन खाद्य सचिव के यहाँ पहुँचा। अगली सुबह खाद्य सचिव महोदय आगरा पहुँच गए। वस्तुस्थिति ज्ञात होने पर, खाद्य सचिव व कुमार साहब बोरों का गोदाम मुक्त कराने चल दिए। तीन घण्टे की यात्रा के बाद पी.डब्लू.डी. की निरीक्षण गृह में बैठक हुई। कलेक्टर साहब बाहर थे। ए.डी.एम. साहब मौजूद थे। बस फिर क्या था। सचिव महोदय ने मुक्त कंठ से ए.डी.एम. साहब को गेहूँ खरीद योजना में गेहूँ के बोरों का महत्त्व समझाया और कूट-कूटकर उनके दिमाग में भर दिया। एक घंटे के इस एकपक्षीय वार्तालाप से ए.डी.एम. साहब इतने त्रस्त हो गए कि फौरन उठकर गोदाम चले गए और खुद अपने सामने गेहूँ के बोरों का लदान कराया। बोरों से लदे दस ट्रक अलीगढ़ पहुँचे और वहाँ एक दिन का काम चल गया।

❑❑

मथुरा के लिए बोरे क्यू.टी.एस. यानी क्विक मेल सर्विस यानी कि तीव्र वाहन सेवा से कलकत्ता से भिजवाए गए थे। सचिव साहब, खुद कलकत्ता गए थे। उन्होंने वहाँ से ड़ी कुमार साहब को खबर भेज दी थी। सभी जनपदों में बोरों का बेकरारी से इन्तजार हो रहा था। हर क्रय एजेन्सी के आदमी जगह-जगह घूम रहे थे और बोरों का पता लगा रहे थे। मथुरा की ओर जाने वाली गाड़ी कलकत्ता से चल चुकी थी। खास मुखबिरों के माध्यम से खबर मिली थी कि विशेष रेलगाड़ी शाम को ही टूण्डला स्टेशन पहुँचने वाली थी। टूण्डला से ये विशेष रेलगाड़ी तुगलकाबाद जाती और फिर वहाँ से मथुरा जाती। यानी कम से कम एक सप्ताह टूण्डला से मथुरा पहुँचने में लगता। क्यों न इसे टूण्डला पर ही रोक लिया जाए। वहाँ से ट्रकों द्वारा आसानी से मथुरा दूसरे दिन बोरे पहुँच सकते थे। सुझाव अति उत्तम था। उस पर अमल करते हुए तुरन्त मोटरगाड़ी दौड़ाते हुए लाए लश्कर के साथ, कुमार साहब टूण्डला पहुँचे और 'भारतीय रेलवे' के वरिष्ठ अधिकारी ने भी शर्मा जी के यहाँ पहुँचकर अपनी व्यथा सुनाई।

शर्मा जी कुमार साहब के बैचमेट निकले। उन्होंने कहा, "अरे यह तो बायें हाथ का खेल है, अभी इसे करवाये देते हैं। उन्होंने दायें हाथ से चोंगा उठाकर बायें हाथ से डायल घुमाते हुए स्टेशन मास्टर को टेलीफोन मिलाया और भारी-भरकम गम्भीर आवाज में बोले, "हाँऽ...., अग्निहोत्री मैं शर्मा डी.एम. (डिवीजनल मैनेजर) बोल रहा हूँ।... नमस्कार... ऐसा है, कैलकटा से तुगलकाबाद जाने वाली 'क्यू.टी.एस.' को यहीं डिटेन कर लो, यार्ड में लगवा दो, यहीं अनलोडिंग करवा देंगे। ओके।" चेहरे पर विजयी मुस्कान लिए चोंगा टेलीफोन पर रखते हुए उन्होंने कुमार साहब से कहा, "लीजिए साहब, हो गया आपका काम। गाड़ी यार्ड में लगवा दी है।" कुमार साहब ने कृतज्ञता से भरे हुए गले से कहा, "बहुत-बहुत धन्यवाद शर्मा, आपने हमें बहुत बड़ी परेशानी से बचा लिया।" शर्मा जी ने अपना बड़प्पन दिखाते हुए कृतज्ञ होने से रोका और कहा, "जब भी जरूरत हो, बस टेलीफोन कर दीजिए।" कुमार साहब लौटते समय सोच रहे थे कि कभी-कभी बैचमेट कहीं मिल जाने पर कितनी आसानी से काम हो जाता है। उन्होंने निश्चय किया कि शीघ्र ही वे घर पर शर्मा जी को जलपान हेतु आमंत्रित करेंगे।

कुमार साहब ने लौटते ही सब कलेक्टरों को रेडियोग्राम ठोंक दिए, "सैण्ड योर ट्रक्स टू टूण्डला रेलवे स्टेशन एटवन्स टू कैरी गनी बैग्स।"

दूसरे दिन सुबह पचास ट्रक आसपास के जिलों से टूण्डला स्टेशन पहुँच गए। आगरा से कुमार साहब ने डिप्टी साहब को भेजा था कि वे अपनी मौजूदगी में बोरों की डिलीवरी दिलवा दें। डिप्टी साहब टूण्डला स्टेशन पहुँचे। सीधे यार्ड में गए। यार्डमैन से पूछा, "अरे भई, ये क्यू.टी.एस. कहाँ खड़ी है।"

"कौन सी क्यू.टी.एस.?" यार्डमैन ने बिना उनकी तरफ रुख किए हुए पूछा।

"अरे वही, बोरे वाली, जो तुगलकाबाद जानी थी।" डिप्टी साहब ने झल्लाकर कहा।

"वो तो तुगलकाबाद गई", यार्डमैन ने फिर बिना उनकी ओर देखे कहा।

"क्या मजाक कर रहा है, तुगलकाबाद कैसे चली जाएगी। कल शर्मा साहब ने कटवा दिया था न।" डिप्टी साहब की आवाज में घबराहट पैदा हो गई थी।

"कौन शर्मा साहब," यार्डमैन ने पूछा।

"अरे वही आपके डिवीजनल मैनेजर साहब।" डिप्टी साहब अब बरदाश्त की हद तक जा पहुँचे थे और उनके गुस्से से थरथराते हाथ कुछ कर डालने के लिए कुलबुला रहे थे। "शर्मा जी ने हमें कोई लिखित आदेश नहीं भेजा। ट्रेन कल रात को ही तुगलकाबाद के लिए रवाना कर दी गई।" अपने मुख से वज्रपाती शब्द टपकाकर यार्डमैन मुँह उठाये अपने ऊपरी केबिन के अन्दर चला गया।

डिप्टी साहब को साँप सूँघ गया। पैरों तले की जमीन खिसक गई, काटो तो खून नहीं। बोरों की डिलीवरी के लिए शोर मचा रहे ट्रक ड्राइवरों, इन्स्पेक्टरों, ठेकेदारों के सामने जाने की उनकी हिम्मत नहीं हुई। वे फौरन जीप में सवार हुए और अपने साथ आए हुए इन्स्पेक्टर को यह आदेश देते हुए, कि वह सब लोगों को बता दें, बोरे नहीं आए हैं, ट्रक लौट जायें, फौरन नौ दो ग्यारह हो गए और ठीक दोपहर के बारह बजे कुमार साहब के सामने यह दुखदायी सूचना देने के लिए प्रस्तुत हुए।

कुमार साहब सिर पकड़कर बैठ गए। पाँच मिनट बाद जब होश आया तो सचिव साहब को फौरन टेलीफोन मिलाया। पूरी बात बताने में ही खैरियत थी। शाम के चार बजे के बाद टेलीफोन की घंटी घनघनाने लगी। पाँचों जिलों के कलेक्टर साहबान टेलीफोन के माध्यम से उनका मुँह नोचने की कोशिश कर रहे थे।

थोड़ा शान्त होने पर कुमार साहब ने सोचना शुरू किया कि गलती कहाँ हुई थी। शर्मा जी उनके बैचमेट थे। शर्मा जी ने उनके सामने ही गाड़ी यार्ड में लगवाने के आदेश दिए थे। शर्मा जी रेलवे के वरिष्ठ अधिकारी थे, उनकी आज्ञा का पालन होना चाहिए था। बहुत सोचने के बाद कुमार साहब को एक ही बात समझ में आई। मालगाड़ी यार्ड में खड़ी होती है। यार्ड का इंचार्ज यार्डमैन था, शर्मा जी नहीं। जैसे शर्मा जी वैसे ही यार्डमैन भी हाड़मांस का एक इन्सान था। उसकी भी अपनी कोई जिम्मेदारी थी, पोजीशन थी, इज्जत थी। लेकिन खाद्य विभाग के अधिकारियों ने उसकी कोई इज्जत नहीं की, उन्होंने उसकी मौजूदगी

का एहसास दिलाना उसके लिए आवश्यक था, क्योंकि यह केवल उसकी ही नहीं वरन् रेल विभाग के समस्त यार्डमैनों की इज्जत का सवाल था। बस यही एहसास दिलाने के लिए उसने शर्मा जी के मौखिक आदेश का पालन नहीं किया। कुमार साहब को अपनी गलती समझ में आ गई और उन्हें भविष्य के लिए सबक भी मिल गया।

□□

"माननीय खाद्य मंत्री जी का आगरा में दौरा होने वाला था। गेहूँ खरीद केन्द्रों पर कोई गड़बड़ी न हो, इसकी उन्हें खास चिन्ता रहती थी। अब वे आगरा जा रहे थे। इसलिए सारा खाद्य विभाग सतर्क था। कुमार साहब ने बैठक बुलाई। ए.डी.एम. साहब, डी.एम.ओ. साहब, ए.सी. साहब, यानी खाद्य विभाग के सभी शूरवीर मौजूद थे। खाद्य निगम के डिस्ट्रिक्ट मैनेजर साहब को भी बुलाया गया, वे नहीं आए। मतलब साफ था। मंत्री के दौरे का इन पर कोई असर नहीं। मंत्री जी के भ्रमण कार्यक्रम की पूरी रूपरेखा तैयार की गई।

मंत्री जी प्रदेश सरकार के पाँच सीट वाले स्टेट प्लेन से आए। कुमार साहब ने उन्हें देखते ही हाथ जोड़कर कहा, "नमस्कार सर, मैं कुमार, आर.एफ.सी. आगरा।" मंत्री जी बोले, "ठीक है, अब हम सीधे ही गेहूँ खरीद केन्द्र देखने चलेंगे।" कुमार साहब ने कहा, "ठीक है, सर। लेकिन आप थके हुए होंगे, जरा सर्किट हाउस में एक कप चाय तो ले लें।" "ठीक है, आप कहते हैं तो ले लेंगे, लेकिन ज्यादा देर नहीं रुकेंगे। बस फिर सीधे ही गेहूँ खरीद केन्द्र देखने चलेंगे।" मंत्री जी गाड़ी में बैठे और गाड़ियों का रेला सर्किट हाउस की ओर चल दिया।

सर्किट हाउस में गाड़ी रुकी। मंत्री जी कार से उतरे। जिस जगह कार रुकी वहाँ दो कतार में लोग खड़े थे। एक कतार थी विभागीय अधिकारियों व कर्मचारियों की और दूसरी कतार थी जनप्रतिनिधियों की। पहली कतार वाले पैंट और कमीज पहने थे, दूसरी कतार में खड़े लोग सफेद कुर्ता व पायजामा पहने थे। पोशाकों को छोड़कर शक्लों में कोई खास फर्क नहीं था। मंत्री जी कार से उतरे, दोनों कतारें आगे झुकीं और सामूहिक नमस्कार की गूँज उठने लगी। मंत्री जी किसी भी नमस्कार का जवाब दिए बिना सीधे सर्किट हाउस के कमरा नम्बर दो में घुस गए। मंत्री जी बैठे बोले, "सिर्फ पानी और कुछ नहीं" पानी का गिलास आया तब तक वो आधे खड़े हो चुके थे। पानी पीते-पीते पूरे खड़े हो गए। कुमार साहब की ओर देखते हुए बोले। "चले चलिये, सर?" कुमार साहब ने कहा। कार में कुमार साहब ने पूछा, "कहाँ चलिएगा, सर? ज्यादा से ज्यादा गेहूँ खरीद केन्द्र देखेंगे।" "क्या खाद्य विभाग की डिपो भी देखेंगे?" कुमार साहब

ने पूछा।

"हाँ-हाँ क्यों नहीं। सभी देखेंगे। चलिए पहले डिपो ही देख डालें।" गाड़ियों का काफिला आगरा शहर की सड़कों पर सरपट दौड़ने लगा। सबसे आगे था, राजदूत मोटर साइकिल पर, खाकी वर्दी पहने, सर पर लोहे का टोप और आँखों पर बड़ा काला चश्मा चढ़ाए, बाँह पर लाल पट्टी बाँधे लगातार टूँ टूँ टूँ की आवाज करता पायलट। पायलट के इस अनवरत बजते हुए हार्न से सड़क की भीड़ छँट जानी चाहिए थी। लेकिन ऐसा कुछ नहीं हो रहा था, केवल कुछ रिक्शे वाले अब एक बगल हट गए थे। पायलट के पीछे मंत्री जी की कार और उसके पीछे पुलिस की एस्कोर्ट जीप। इस एस्कोर्ट जीप की वजह से मंत्री जी के कार के ड्राइवर को बड़ी परेशानी होती थी क्योंकि अक्सर ये जीप पीछे छूट जाती थी और ड्राइवर को बराबर उसका ध्यान रखना पड़ता था। इस एस्कोर्ट के पीछे थी कुमार साहब की कार और उसके पीछे जीपों की एक लम्बी कतार। लगभग आधे घण्टे तक शहर की सड़कों को रौंदता हुआ ये काफिला निगम के डिपो पर पहुँचा।

डिपो का दृश्य बड़ा ही मनोहारी था। या कहिए, हृदय विदारक था। डिपो के बाहर करीब 80 ट्रकों की कतार लगी हुई थी। इनमें से कुछ के ड्राइवर सो रहे थे, कुछ गप्पें हाँक रहे थे, और कुछ छोटी-मोटी ठोंक-पीट कर रहे थे। डिपो के अन्दर कार जाने का प्रश्न ही नहीं उत्पन्न होता था इसलिए मंत्री जी कार से सड़क पर ही उतर गए। कारों और जीपों की कतार देखकर इस समय तमाशबीनों का काफी बड़ा हजूम इकट्ठा हो चुका था। वे सब एक कतार में खड़े होकर उत्सुक व शरारती आँखों से नजारा देख रहे थे लेकिन मंत्री जी के आने के बावजूद ट्रकों के चालक तटस्थ रहे। वो दौड़कर हाथ जोड़कर आगे नहीं आए। कुमार साहब ने मंत्री जी की निराशा को भाँपते हुए तीन ट्रक-चालकों के बुलवाया। तीनों आकर मंत्री जी के सामने खड़े हो गए। इनमें से एक सरदार था, लुंगी और बनियान पहने हुए। पगड़ी नहीं थी। जूड़ी बँधी थी। दाढ़ी बेतरतीब, कद लगभग साढ़े पाँच फुट, लंबे-चौड़े हाड़-मांस का हट्टा-कट्टा व्यक्ति था। दूसरे चालक ने सिर पर लाल रंग का पट्टानुमा कपड़ा लपेटा हुआ था। पैजामे के ऊपर चिकन का कुर्ता पहने था। तीसरा चालक इन दोनों से भिन्न था क्योंकि वह पैजामे के ऊपर बुश्शर्ट पहने हुए था। पीछे से इन्स्पेक्टर ने खींचा तो तीनों ने हाथ जोड़कर कहा, "नमस्कार जी।" मंत्री जी ने कुमार साहब की तरफर देखा तो कुमार साहब ने सवाल पूछने शुरू किए–

"किस सेण्टर का गेहूँ लाए हो?"

"कुढ़ना, जसमई, गोवर्धन।"

"यहाँ डिपो पर आए कितनी देर हो गई?"

"जी कल शाम से पड़े हैं।"

"बहुत देर हो गई, क्या बात है?"

"बात, बात क्या है जी, यहाँ तुलाई सुबह दस बजे शुरू होती है। फिर एक बजे से लेकर तीन बजे तक लंच होता है फिर शाम को पाँच बजे डिपो बन्द हो जाता है।

'बड़ी जल्दी बन्द हो जाता है।"

"हमेशा से यही होता है जी।"

"और कोई दिक्कत?"

"अजी दिक्कत ही दिक्कत है बाबू जी। पिछली साल तक डाले रेट पन्द्रह रुपया था, इस साल पच्चीस हो गया?"

कुमार साहब ने अब बात को और आगे न बढ़ाते हुए मंत्री जी से कहा, "चलिए अब जरा अन्दर डिपो भी देख लें। डिपो के अन्दर सबसे पहले ध्यान आकर्षित करने वाली जगह थी, वेब्रिज, यानी कि ट्रकों को तौलने वाला, धर्मकांटा। इस वेब्रिज पर पहले भरा हुआ ट्रक तौला जाता था, फिर गेहूँ उतारकर यही ट्रक दूसरी तरफ से आता था और खाली ट्रक तौला जाता था। इस प्रकार वहाँ ट्रकों की दो कतारें लगी रहती थीं। वेब्रिज के एक ओर भरी ट्रकों की, और वेब्रिज के दूसरी ओर खाली ट्रकों की।

इस समय वेब्रिज पर बड़ा ही लोमहर्षी दृश्य था। वेब्रिज पर एक ओर से भरा ट्रक आधा चढ़ा हुआ था और दूसरी ओर खाली ट्रक आधा चढ़ा हुआ था। दोनों ट्रकों के स्टीयरिंग व्हील पर बैठे वाहन चालक बराबर इंजन चालू रखे हुए थे और हार्न बजा रहे थे। ट्रक पीछे हटाने के लिए कोई तैयार नहीं था। इस विवाद को जोकि अब शीघ्र ही विस्फोटक स्थिति में पहुँचने वाला था, के निपटाने के लिए कोई तैयार नहीं था। मंत्री जी ने देखा तो उन्हें लगा कि उन्हें कुछ करना चाहिए। फौरन दोनों ड्राइवरों को पेश किया गया। कुमार साहब ने प्रश्नोत्तर शुरू किया।

"क्यों भई, ये क्या झगड़ा है।" कुमार साहब ने भरे ट्रक के ड्राइवर से पूछा। भरे ट्रक का ड्राइवर लम्बा-चौड़ा, हट्टा-कट्टा था। गुस्से से उसका चेहरा लाल हो रहा था। बोला, "ओ जी, गल क्या है कुछ भी नहीं है। मानो तो सब कुछ है। मैं इत्थे दो दिन से पड़ा हुआ हूँ। आज तीसरे दिन नम्बर आया तो बदमाश, अपना ट्रक चढ़ाए दे रहा है।"

दूसरा ड्राइवर भी सरदार था लेकिन उसके बाल खुले हुए थे। दाढ़ी भी खुली हुई थी। वह काठी में पहले वाले से कुछ बीस ही था। इससे पहले कि कुमार साहब कुछ पूछते, उसने अपना वाक्य-प्रहार शुरू कर दिया, "अजी मैं क्या किया है। पहले मैं ट्रक लेके इत्थे आया। मेरा ट्रक पहले तुलना हैगा। ये खोती दा

पुत्तर मानता ही नहीं। चढ़ाये दे रया, चढ़ाये दे रया है।"

पहले वाले ड्राइवर का लाल चेहरा कुछ सिकुड़कर काला सा हो गया। गुस्से में मुट्ठी कसते हुए अब वो चिल्लाया, "ओये हरामखोर के पिल्ले, खोती का पुत्तर तेरा बापू, तू तेरा खानदान...।"

"मेरे बापू तक पहुँच गया साले, अभी तेरा मलीदा बनाकर तेरे मुँह में ठूँस देता हूँ..." यह कहते हुए दूसरा ड्राइवर भागकर अपने ट्रक में चढ़ गया और कुछ समय के लिए ओझल हो गया। इसे देखकर पहले वाला ड्राइवर कूदकर अपने ट्रक में गायब हो गया। मंत्री जी, कुमार साहब, सब अचकचे से खड़े थे। कुछ समझ में नहीं आ रहा था लेकिन ये असमंजस की स्थिति ज्यादा देर नहीं रही। शीघ्र ही दोनों ड्राइवर ट्रकों से कूदकर नीचे आ गए। दोनों के हाथों में लोहे की बड़ी-बड़ी सलाखें थीं। इन्हें तलवारों की तरह लहराते हुए दोनों ने अपने पैंतरे बदलने शुरू किए। यह दृश्य देखकर कुमार साहब की तन्द्रा भंग हो गई। उन्होंने मंत्री जी को सुझाव दिया, "इन्हें अपने आप निपटने दीजिए साहब। हम लोग उधर डिपो में अनलोडिंग की व्यवस्था देखते हैं।"

सुबह के दस बज रहे थे, लेकिन अनलोडिंग प्वाइण्ट पर कोई काम नहीं हो रहा था। चार ट्रक अपना डाला खोले हुए खड़े थे। ट्रकों से गेहूँ उतरना अभी शुरू नहीं हुआ था, हो भी नहीं सकता था क्योंकि इस समय करीब सत्तर-अस्सी मजदूरों की एक 'गोलसभा' हो रही थी। सब मजदूर एक गोला बनाकर खड़े थे और मंत्रणा कर रहे थे। इसी सभा के साथ एक और समस्या चल रही थी। इस सभा में डिपो मैनेजर और बाबू लोग भाग ले रहे थे। यह सभा चुपचाप हो रही थी। ट्रकों के ड्राइवर और उसके साथ गेहूँ क्रय एजेंसी के इन्स्पेक्टर एक ओर खड़े चुपचाप इन दोनों मंत्रणाओं के परिणाम की घोषणा का इन्तजार कर रहे थे। मंत्रणा का विषय भी अत्यन्त गम्भीर था। आज अभी यह तय होना बाकी था कि गेहूँ के बोरे उतरने से पहले कितना डाला लिया जाए। कल तक रेट 15 रुपये प्रति ट्रक था। आज रेट बढ़ाने की बात हो रही थी। 'डाला' की रसम उतनी ही पुरानी थी जितनी कि गेहूँ की सरकारी खरीद। शुरू-शुरू में ट्रकों से गेहूँ के बोरे उतारने थे, पश्चात् मजदूरों को बख्शीश के रूप में दो रुपये दे दिए जाते थे। कुछ वर्षों में ये बख्शीश देना लाजिमी हो गया। चूँकि कुछ ट्रक चालकों द्वारा कभी-कभी बख्शीश देने में आनाकानी की जाती थी इसलिए यह तय कर लिया गया कि बख्शीश ट्रक से बोरे उतरने के पहले ही ले ली जाए। बोरे उतारने से पहले ट्रक के पीछे लकड़ी का पल्ला यानी 'डाला' खोलना जरूरी होता था, इसलिए बख्शीश 'डाला' खोलने से पहले ही ली जाने लगी। शनैः-शनैः बख्शीश का रेट 'डाला' रेट कहलाने लगा।

गेहूँ के बोरे की डिलीवरी लेने के पहले डिपो के स्टाफ की बहुत बड़ी

जिम्मेदारी होती है। निगम को नुकसान न हो इसलिए ये देखना आवश्यक था कि कहीं गेहूँ खराब तो नहीं, उसमें 'फारेन मेटर' यानी मिलावट जरूरत से ज्यादा तो नहीं, बोरे कटे-फटे तो नहीं इत्यादि-इत्यादि। इस सबको सुनिश्चित करने के लिए एक ट्रक की अनलोडिंग में आधा घण्टे का समय लग सकता था। कितना समय लगाया जाए, यह भी एक पालिसी मैटर था और आज की मंत्रणा का एक विषय था। ट्रक के अनलोडिंग का टाइम मूल्यवान था। जितना कम समय, उतना अधिक मूल्य। ये मूल्य भी घटता-बढ़ता रहता था। आज यह रेट भी तय होना था।

मंत्री जी के आगमन से ये दोनों महत्त्वपूर्ण सभाएँ असमय ही भंग हो गईं। मजदूरों के ठेकेदारों को बुलाया गया। मंत्री जी ने पूछा, "क्यों भई, अभी तक अनलोडिंग शुरू क्यों नहीं हुई। दस बज रहा है जबकि आठ बजे ही शुरू करने के आदेश हैं।"

जवाब में एक-दो नहीं, पूरे मजदूर कोरस में बोले, "क्या करें हुजूर, वो डिपो वाले शुरू ही नहीं करवाते हैं, हम तो सुबह से हाथ पे हाथ धरे बइठे हैं।"

अब तक डिपो मैनेजर के पीछे-पीछे बाबू लोगों की फौज भी आकर मंत्री जी के इर्द-गिर्द जमा हो चुकी थी। वे लोग भी एक स्वर से बोले, "जी हमारी ओर से कोई देरी नहीं है। ये लोग ही शुरू नहीं कर रहे हैं।"

"अजी हमने क्या देरी की है, आप लोग ही हिसाब सही नहीं बैठा पा रहे हैं।" ठेकेदार ने रूखी आवाज में कहा।

"हिसाब का क्या करें। तुम लोग ही अपना 'डाला' रेट दनादन बढ़ाए जा रहे हो।" बाबुओं के एक नेता ने प्रतिउत्तर दिया।

"क्या कहा, अजी हमने अपना रेट बढ़ाया। अपना नहीं बतलाते हैं। मैं कहता हूँ, मंत्रीजी, एक-एक ट्रक पर डेढ़ सौ रुपया लिया जा रहा है। पास करने का," ठेकेदार ने खुले आम आरोप लगाया।

डिपो मैनेजर से नहीं रहा गया। उसने अपनी आँखें लाल करके ललकारते हुए जोरदार आवाज में कहा, "बदतमीज कहीं का। हम पर बेईमानी का इल्जाम लगा रहा है। तेरा ठेका मैंने कैन्सिल न करवाया तो मेरा नाम नहीं।"

"अरे तू कौन होता है ठेका कैन्सिल़ करवाने वाला। तेरी तो मैं..."

वातावरण काफी दूषित हो चुका था। इस अनर्गल वार्तालाप के साथ अब दोनों ओर के लोग अपनी कमीजों की बाँहें समेटकर ऊपर चढ़ाने लगे थे। इस वाक्युद्ध के हाथापाई में परिवर्तित होने के पूरे-पूरे आसार थे। कुमार साहब नहीं चाहते थे कि मंत्री जी के सामने कोई हिंसक वारदात हो। अतः उन्होंने सुझाव दिया कि अब गेहूँ क्रय केन्द्र देख लिया जाए। मंत्री जी तुरन्त सहमत होते

हुए गाड़ी में बैठ गए। गाड़ियों का काफिला डिपो से बाहर निकलकर सैया बैरियर की ओर चल दिया।

❑❑

सूर सदन के वृहत् हाल में गहन अँधेरा था। चारों ओर सन्नाटा, कोई चूँ तक नहीं कर रहा था। स्टेज के एक कोने से डमाडम ड्रमों की धीमे-धीमे आवाज आने लगी। एक खलखली हँसी और सीटी, साँय-साँय हवा चलने, सनसनाहट, पत्तों के रगड़ने की आवाज और अचानक भयानक चीख। स्टेज पर हल्के लाल रंग का प्रकाश उभरने लगा। दर्शकों के मुँह से 'आह-आह' की डरी-डरी उसाँस निकलने लगी। वे सहमे-सहमे से, कुर्सियों के हत्थे पकड़े आगे को झुककर आगामी दृश्य का इन्तजार कर रहे थे कि चट्टियों की खड़खड़ाहट की सी आवाजों के साथ स्टेज के दोनों ओर से पन्द्रह-बीस नर-कंकाल सामने आ गए। ये नर-कंकाल लाल रंग के हल्के प्रकाश में साफ चमक रहे थे। तीन बड़े छेदों वाली खोपड़ी के अलावा, रीढ़ की हड्डी और पसलियों से लेकर हाथ-पैर की हड्डियाँ साफ-साफ नजर आ रही थीं। अजीब-अजीब लड़खड़ाते कदमों से चलते हुए ये नर-कंकाल स्टेज पर चारों तरफ फैल गए और अजीब-अजीब तरह की हरकतें करने लगे। इस दृश्य के लिए दर्शकगण तैयार नहीं थे। महिलाओं और बच्चों के मुँह से दबी हुई चीख निकल गई। इससे पहले कि वे चीख-चीख कर बेहोश हो जाएँ स्टेज के पीछे से डिस्को म्यूजिक की आवाज उभरने लगी।

डम चिक चिक चिक
डम चिक चिक चिक

डिस्को म्यूजिक में 'कम सेप्टेम्बर' की धुन उभरने लगी, टिंग रिंग टिंग रिंग टडंग टंग टंग।

और इस धुन पर ये नर-कंकाल डांस करने लगे। डांस धीमी गति से शुरू होकर तेज होने लगा। इसकी धुन में डांस करते-करते मस्ती में आकर एक नर-कंकाल ने अपनी पैंट की पिछली जेब से पैकेट निकाल बीड़ी सुलगा ली और स्टेज के बीच में अपनी कमर की हड्डियों को मटकाने लगा। फिर वो अति उत्साहित होकर एक दूसरे नर-कंकाल की पीठ यानी रीढ़ की हड्डी पर चढ़ गया।

सकते से होश में दर्शक यदि ताली न बजाने लगते तो कंकाल नृत्य का ये बीभत्स दृश्य कुछ समय और चलता। हाल की लाइटें जलने पर जान में जान आई। श्याम कुमार पत्रकार का रंगारंग कार्यक्रम चल रहा था। इस नर-कंकाल नृत्य से दर्शकों को त्रस्त करने के बाद विभिन्न प्रकार के गाने, नाच

और नाटकों के नाम पर बेहूदी हरकतें एक के बाद एक स्टेज पर प्रस्तुत की जाने लगीं।

ज्यादातर दर्शकगण इस रंगारंग कार्यक्रम को आध घण्टे से ज्यादा नहीं झेल पाये और उठकर हाल के बाहर आ गए। यह प्रोग्राम सिर्फ आधे घण्टे और चला। दर्शकों ने अपनी अनवरत तालियों, सीटियों और शोर-शराबे से इसकी समय से पूर्व ही इतिश्री कर दी। सूर सदन में प्रस्तुत किया गया एक और कार्यक्रम फ्लाप हो गया।

❑❑

हिन्दुस्तान में जिस चीज की कमी होती है उसकी खपत बढ़ जाती है और जितनी कमी बढ़ती जाती है, उतनी ही खपत भी बढ़ती जाती है। यह बात बेतुकी भले ही लगे लेकिन है सोलह आने सच। मिट्टी के तेल की जहाँ कमी की चर्चा हुई, लोग तेल खरीद-खरीद कर रखने लगते हैं। जिसके यहाँ पर दस लीटर महीने खर्च होता है वह दस लीटर इस महीने के लिए खरीदता है और दस लीटर अगले महीने के लिए। फिर तमाम छोटे-छोटे व्यापारी तेल खरीदकर जनता की सेवा में लग जाते हैं। बड़े व्यापारी तेल शहर में न बेचकर बाहर भेजने लगते हैं जहाँ ज्यादा मुनाफा हो। नतीजा होता है कि जनपद में तेल की खपत दुगुनी हो जाती है और कमी अपनी जगह बनी रहती है। यही हश्र डीजल और सीमेंट का होता है। डीजल पर राशनिंग होती है काश्तकारों की सुविधा के लिए, पम्पिंग सेट चलाने के लिए परमिट दिये जाते हैं। अचानक ही जनपद में पम्पिंग सेटों की संख्या दुगुनी हो जाती है।

और यही हुआ बोरों की कमी का असर। जिस काश्तकार को पता चला कि बोरे खरीद केन्द्रों पर कम हैं वो दौड़ा अपना गेहूँ लेकर गेहूँ खरीद केन्द्र पर। पता नहीं कब बोरे खत्म हो जायें। इधर क्रय एजेंसियों ने भी बोरों की दुगुनी-तिगुनी माँग करनी शुरू कर दी। लिहाजा बोरों की कमी होते हुए भी गेहूँ की खरीद ज्यादा हो रही थी। पटा पड़ा था गेहूँ केन्द्रों पर। रखने की जगह नहीं मिल रही थी। निगम के सारे गोदाम भर चुके थे। खाद्य विभाग के जितने खाली गोदाम थे वे भी निगम को दे दिये गए थे। उसके बाद नम्बर आया मण्डी यार्ड में बने नीलाम चबूतरों का। सो वे भी गेहूँ के बोरों से भर दिये गए। मण्डी यार्ड की सड़कों पर बड़े-बड़े चट्टे लगाकर काले पालीथीन की शीटों से ढँक दिया गया। गेहूँ का आना तब भी जारी रहा। चलता रहा अनवरत। आगरा में निगम की सबसे बड़ी डिपो लगभग भर चुकी थी। आसपास के सारे जिलों में निगम के गोदामों में गेहूँ ठुँसा हुआ पड़ा था पर और बोरे रखने की जगह नहीं

थी। डाला का रेट दिनोंदिन बढ़ता जा रहा था। एक सप्ताह के अन्दर रेट पन्द्रह रुपये से बढ़कर एक सौ पचास रुपये हो गया था। एक कलेक्टर साहब बहुत परेशान हो गए, शिकायतें सुनते-सुनते। उन्होंने आदेश दिया, "सारे ट्रक आगरा ले जाओ।" सारे ट्रकों के मुँह आगरा की ओर मोड़ दिये गए। आगरा की डिपो पर ढाई सौ ट्रकों की लाइन लग गई। ट्रकों की लाइन लगने से आवागमन अवरुद्ध हो गया।

चूँकि डिपो के अन्दर गेहूँ रखने की जगह नहीं थी, इसलिए अनलोडिंग नहीं हो रही थी, ट्रक खाली होकर वापिस नहीं जा रहे थे, और खरीद केन्द्रों पर भी बोरों के अम्बार लग गए थे। खरीद बन्द हो गई थी। किसान परेशान थे। अब एक ही रास्ता था, किसी तरह आगरा की डिपो से गेहूँ बाहर भेजा जाये। कुमार साहब ने शासन से अनुरोध किया कि स्पेशल ट्रेन से गेहूँ बाहर भेजा जाये। रेलवे के उच्च अधिकारियों को भी लिखा गया। दो दिन बाद खबर मिली कि आगरा डिपो पर स्पेशल ट्रेन आने वाली है। चारों ओर खुशी की लहर दौड़ गई। एक ट्रेन लद जाने से बीस हजार बोरी की जगह हो जाने की गुंजाइश थी। कुमार साहब ने भी सोचा कि डिपो चलकर ट्रेन की अगवानी की जाये। जाने ही वाले थे कि टेलीफोन की घण्टी घनधना उठी।

"हलो, मैं कुमार बोल रहा हूँ," कुमार साहब ने चोंगा उठाते हुए कहा।

"जी मैं डिपो मैनेजर शर्मा बोल रहा हूँ जी सर। वो ऐसा है कि स्पेशल ट्रेन आ गई है, डिपो पर..." उधर से आवाज आई।

"हाँ-हाँ, मुझे मालूम पड़ा। बहुत वक्त पर आई है भाई। अब आप धड़ाधड़ लोडिंग करा दो तो कुछ ट्रकों की अनलोडिंग शुरू की जाए।" कुमार साहब शर्मा जी की बात को बीच में काटते हुए बोले।

"जी-जी, लेकिन आप मेरी बात तो सुनें..." उधर से शर्मा जी की निरीह-सी आवाज सुनाई पड़ी।

"हाँ भाई, बताओ क्या दिक्कत है?" कुमार साहब ने पूछा।

"दिक्कत ये है जी, ये ट्रेन पंजाब से गेहूँ लेकर आई यहाँ डिपो पर उतारने। अनलोडिंग कराकर अभी वापस जानी है बारह घण्टे के अन्दर," उधर से आवाज आई।

एक बार फिर भारतीय रेलवे ने पहले से खराब स्थिति को दर्दनाक बना दिया था। जरूरत थी गेहूँ डिपो से बाहर जाने की लेकिन गेहूँ पंजाब से आकर डिपो में आ रहा था। कोई कुछ नहीं कर सकता था सिवा दुआ माँगने के। सब लोग दुआ माँगने लगे।

❑❑

निगम की डिपो में जगह भर जाने के बाद अब दूसरे सम्भारण जगहों की तलाशी की जाने लगी। क्षेत्र के सारे सरकारी गैर-सरकारी गोदाम पहले ही भर चुके थे। जितने किराये पर लिये जा सकते थे, सब लिये जा चुके थे। अब गेहूँ खुले स्थानों, टिनशेडों में रखने की नौबत आ गई थी। इसके लिए सबसे उपयुक्त स्थान था, मण्डी यार्ड में बने नीलामी चबूतरे, मण्डी यार्डों में बनी सड़कें। सभी मण्डी यार्डों को निगम को सौंप दिया गया। नीलामी चबूतरों पर लकड़ी के बने क्रेटेस बिछा दिये गए। उनके ऊपर चटाई लगाकर गेहूँ के बोरों के चट्टे लगाकर, पालीथीन की बड़ी-बड़ी चादरों से ढँक दिये गए। पहले तो चट्टे नीलामी चबूतरों में लगाये गए। इन चबूतरों के ऊपर टिन-शेड बने हुए थे। उसके बाद डामर की बनी सड़कों पर चट्टे लगाए गए। धीरे-धीरे ये सड़कें भी भर गईं। मण्डी यार्डों में चारों ओर बड़े-बड़े काले स्तूपनुमा ढेर दिखाई देने लगे। इसके बाद नौबत आई निष्प्रयोज्य हवाई पट्टियों की। ये हवाई पट्टियाँ कई वर्षों से प्रयोग नहीं हो रही थीं। आस-पास की निचली जमीन से ये काफी ऊँची थीं। इन हवाई पट्टियों पर काले स्तूपों की कतारें लग गईं। गेहूँ के ये विशालकाय चट्टे अपने आप में अजीबोगरीब दृश्य पैदा कर रहे थे। इनके सामने आदमी बहुत छोटा लगता था। पहली बार अहसास हो रहा था कि हिन्दुस्तान में खाने वाले कम और खाना ज्यादा है।

मण्डी यार्डों में रोजमर्रा का कामकाज लगभग बन्द हो गया था। दुकानदारों को परेशानी थी। लेकिन सब उम्मीद लगाए थे कि आगामी दो-तीन माहों में ये सब यार्ड खाली हो जाएँगे।

❑❑

कुमार साहब दिन के बारह बजे बैठे हुए माथे, छाती, गले और हाथों से बहता हुआ पसीना अपने रूमाल से पोंछकर बराबर में रखी वेस्ट पेपर, बास्केट में निचोड़ रहे थे। जितना निचोड़ रहे थे उतना ही पसीना आ रहा था। उन्हें लगा यदि आगरा में हर आदमी को इतना ही पसीना आता है तो इस पसीने को इस्तेमाल कर वहाँ की नगरपालिका अपनी जलापूर्ति व्यवस्था अवश्य ही सुधार सकती है। पसीना पोंछने का लगभग यही दृश्य दफ्तर के अन्य अधिकारी के कमरों में भी दोहराया जा रहा था। लेखा विभाग के वरिष्ठ अधिकारी कुछ ज्यादा काम में व्यस्त थे, फाइलों पर दस्तखत बना रहे थे, इसलिए पसीना उनका अर्दली पोंछ रहा था। ऊपर दफ्तर में कुछ बाबू लोग अखबार के टुकड़ों से अपने ऊपर हवा कर रहे थे। कुछ लोग इस गर्म भट्ठी में सुधार की सभी आशाएँ छोड़कर पैर मेज पर रख, कुर्सियों पर निर्जीव पड़े हुए थे। कुछ लोग चाय-प्यालियाँ दनादन पीकर

गर्मी से गर्मी को मारने की बेअसर कोशिश कर रहे थे। दफ्तर के चपरासी कमरों के आगे उकड़ूँ बैठकर बीड़ियाँ फूँक रहे थे और तम्बाकू फाँक रहे थे।

जून का महीना था। 'बत्ती' सुबह दस बजे से ही गायब थी। हर रोज गायब हो जाती थी, ठीक दस बजे। गर्मी के मौसम में इस नैराश्य और पसीने से भरपूर वातावरण से उद्धार करने की एक ही तरकीब थी। डीजल का जेनेरेटर लगवाया जाए। लेकिन किसी भी सरकारी दफ्तर में डीजल का जेनेरेटर लगवाना सिर के बल एवरेस्ट की चोटी पर चढ़ने से कम कठिन नहीं था। पहले तो वित्त विभाग ने ही रोक लगा रखी थी फालतू खर्चों पर। यदि वित्त विभाग मान भी जाए तो खाद्य विभाग के बजट में प्रोविजन करना जरूरी था। और बजट में प्रोविजन तभी होता जब खाद्य विभाग अपने अधीनस्थ सभी दफ्तरों में डीजल के जेनेरेटर लगाने का पॉलिसी डिसीजन लेता। इस सबके होते-होते कम से कम पाँच वर्ष का समय लगने की सम्भावना थी। कुमार साहब को लगा कोई और ही तरीका निकालना होगा। दो दिन तक लगातार सोचने के बाद कुमार साहब के दिमाग में एक शब्द कौंधा—'सहकारिता आन्दोलन', बस फिर क्या था कुमार साहब ने फौरन अपने दफ्तर की तृतीय एवं चतुर्थ श्रेणी कर्मचारी सेवा के अध्यक्ष कटियार को बुला भेजा। बोले, "अगर दस रुपए महीने में दिन भर के लिए बिजली मिल जाए तो आप लोग पैसा देंगे।" प्रस्ताव अत्यन्त ही आकर्षक था, मंजूर हो गया। दफ्तर में कुल मिलाकर सौ कर्मचारी थे। छः सौ रुपए महीने किराए पर जेनरेटर मँगवाया गया। चार सौ रुपए का डीजल। जेनरेटर चल पड़ा और पसीने की बहती नदी की बाढ़ कुछ समय के लिए थम गई। 'सहकारिता आन्दोलन' सफल रहा।

❑❑

तिकड़मी, धूर्त, तेज, कुशाग्र, खरदिमाग, बदमाश, अहसान-फरामोश। गरीबचन्द्र कापड़िया 'कापड़िया फ्लोर मिल' के प्रोपराइटर को किसी भी पदवी से सुशोभित किया जा सकता था। काले रंग, नाटे कद, तीखे नाक-नक्शे के पैंतालीस वर्ष की उम्र वाले इस व्यक्ति ने पूरे खाद्य विभाग को नाकों चने चबवाने का बीड़ा उठा रखा था लगभग पिछले दो वर्ष से। और तब से वो लगातार 'नाकों चने' और वह भी लोहे के चबवा रहा था। कापड़िया की एक छोटी गल्ले की दुकान थी। उसने व्यापार बढ़ाने के लिए फ्लोर मिल लगाने का प्लान बनाया। लगभग तीन वर्ष पहले उसने शासन को आवेदन-पत्र दिया, लाइसेन्स देने के लिए। शासन ने इस आवेदन-पत्र पर विचार करना शुरू किया और जैसा कि हमेशा होता है, एक वर्ष तक लगातार विचार ही करता रहा।

इस बीच कापड़िया ने कई बैंकों, कम्पनियों से लाखों रुपये का कर्जा ले लिया था, मशीनरी भी लगा ली थी। लाइसेन्स न मिलने की वजह से मिल चालू नहीं हो पा रही थी। उसने कई बार दिल्ली और लखनऊ के चक्कर लगाए लेकिन कोई कोई विशेष फायदा नहीं हुआ। इधर सूद बढ़ता जा रहा था, कर्जा वापस करने का समय भी निकट आ रहा था। आखिर में तंग आकर उसने जनपद के मुंसिफ मजिस्ट्रेट के कोर्ट से मिल चलाने का स्थगन आदेश प्राप्त कर लिया और मिल चालू कर दिया। बिना लाइसेन्स प्राप्त किए मिल चलाने के जुर्म में उस पर मुकदमा दायर कर दिया गया। ईंट का जवाब पत्थर से देते हुए उसने फौरन 'कन्टेम्ट आफ कोर्ट' का मुकदमा दायर कर दिया।

उच्च न्यायालय की एक ही पेशी में संयुक्त सचिव महोदय ने अपने हथियार डाल दिए और तुरन्त ही लाइसेन्स जारी कर दिया लेकिन इस डेढ़ साल की खींचतान में कापड़िया की आर्थिक स्थिति काफी कमजोर हो चुकी थी नियम-कानून से चलने में उसे मुनाफा पूरा नहीं हो पा रहा था। वह लगातार मौके की तलाश में था। मौका उसे दिया सर्वोच्च न्यायालय ने। भारत सरकार का नियम था कि फ्लोर मिलें केवल सरकारी निगम से ही गेहूँ खरीदेंगी। उधर निगम की आर्थिक स्थिति काफी कमजोर हो चुकी थी। इसलिए उसका गेहूँ महँगा था। बोरों की कमी की वजह से गेहूँ की खरीद इस वर्ष कम हो रही थी। बाजार में गेहूँ सस्ता था। प्रदेश की सारी मिलों ने बाजार से गेहूँ खरीदना शुरू किया। शासन ने 'धारे आपत्ति' दर्शाते हुए, कई लाइसेन्स निलम्बित किए। मिल मालिकों ने उच्च न्यायालय से स्थगन आदेश नहीं लिया। ले भी नहीं सकता था क्योंकि उसके पास लाइसेन्स नहीं था। लेकिन उसे स्थगन आदेश, जनपद के मुंसिफ मजिस्ट्रेट से ही मिल गया। उसने धड़ाधड़ बाजार से गेहूँ खरीदकर पीसना शुरू कर दिया।

भटके हुए को रास्ता दिखाने के लिए, बेलगाम घोड़े को लगाम देने के लिए कुमार साहब ने आकस्मिक निरीक्षण की योजना बनाई। रात को आठ बजे एक कार, दो जीपों में सवार, दो वरिष्ठ निरीक्षकों, आठ निरीक्षकों, आठ कामदारों व चार चपरासियों से लैस, उड़न दस्ते के साथ कापड़िया फ्लोर में धावा बोला गया। जिस समय ये उड़न दस्ता मिल के सामने पहुँचा, पूरे शहर में सन्नाटा था, मुर्दनी छाई हुई थी। दरअसल, हर रोज शाम के छह बजे के बाद इस शहर में सन्नाटा छा जाता था। दहशत के मारे लोग घरों से बाहर नहीं निकलते थे, लिहाजा मिल के दरवाजे भी बन्द थे। आधे घण्टे मेहनत, शोर-शराबे के बाद मिल के दरवाजे खुल पाए। मिल के अन्दर दाखिल होते ही सारे उड़न दस्ते के सदस्यों ने मिल के गोदामों, गेहूँ की जिन्स इत्यादि पर अपनी कार्यवाही शुरू कर दी। सारा स्टाक चैक किया गया, एक-एक बोरा गिना गया, बिन्स में भरे

हुए गेहूँ को भी नापा गया। स्टाक में कोई अन्तर नहीं मिला। लेकिन एक जगह कापड़िया का भाग्य धोखा दे गया। उसने रिजल्टेण्ट आटा यानी मैदा निकालने के बाद बचा हुआ आटा, बिना परमीशन के बेच लिया था। बस, कुमार साहब ने प्रथम सूचना रिपोर्ट यानी एफ.आई.आर. दर्ज करने की ठान ली। समस्त कागजात जब्त कर डाक बंगले में आ गए।

कुमार साहब एफ.आई.आर. दर्ज कराने पर तुले हुए थे और स्थानीय स्टाफ न कराने पर। अजीब किस्म की खींचातान मची थी। कुमार साहब हर पन्द्रह मिनट पर कहते कि एफ.आई.आर. का ड्राफ्ट बनाओ और वरिष्ठ निरीक्षक महोदय कोई न कोई कानूनी पेंच निकाल कर सामने रख देते। झुँझलाकर कुमार साहब को कहना पड़ा, "देख भई शर्मा, या तो तुम एफ.आई.आर. का ड्राफ्ट आधे घण्टे के अन्दर बनाकर ले आओ, नहीं तो मैं तुम्हें सस्पेंड करने का ड्राफ्ट तैयार करता हूँ।" इस ब्रह्मास्त्र के आगे शर्मा जी झुक गए और रात को बारह बजकर दो मिनट पाँच सेकण्ड पर एफ.आई.आर. दर्ज कर ली गई।

अपनी इस करामात पर खुश होकर कुमार साहब चैन की नींद सोए और उधर कापड़िया की नींद कपूर की तरह उड़ गई लेकिन उसे खास चिन्ता नहीं थी। वह जानता था कि कहाँ क्या पेंच घुमाने से काम निकल सकता था। उसने उसी रात से वो पेंच घुमाने शुरू कर दिए।

❑❑

नंगे बदन केवल एक हरे रंग का पाजामा पहने हुए सफेद दाढ़ी वाला वह व्यक्ति अपने दोनों हाथ सामने की ओर किए मुँह ही मुँह कुछ दुआएँ बुदबुदाते हुए, फतेहपुर सीकरी के बुलन्द दरवाजे की बाईं दीवार पर चला जा रहा था। बीचोंबीच पहुँचकर वो रुका, सामने की ओर मुँह करके खड़ा हो गया। बुलन्द दरवाजे के नीचे, चबूतरे पर करीब सौ आदमियों की भीड़ साँस रोके उसकी हरकतें देख रही थी। हरे रंग के पायजामे वाले ने अपना मुँह ऊपर की ओर किया और चिल्लाया, 'या अल्लाह करम कर' और दीवार से छलाँग लगाकर नीचे कूद पड़ा। दीवार के नीचे बनी पानी की बावड़ी की ओर से आवाज हुई 'छपाक'। भीड़ तालियाँ पीटने लगी। वह पायजामा पहने मुस्तफा बावड़ी में से तैरता हुआ बाहर निकल आया। भीड़ से करीब पचास रुपये उसे मिल गए।

नमक लगाकर कमरख खाते हुए सैकड़ों लोग रोजाना मुस्तफा की इस मौत की छलाँग की करामात देखते हैं। आज शाहजहाँ और वज़ीरे आज़म ने भी यह नजारा देखा। आगरा भ्रमण करते-करते वे दोनों फतेहपुर सीकरी तक निकल आए थे। "मौत की यह छलाँग किसी दिन मुस्तफा की मौत भी बन सकती है।"

शाहजहाँ ने वज़ीरे आज़म से कहा।

''जी आलीजाह, आप बजा फरमाते हैं। बन सकती है। लेकिन इस छलाँग की वजह से ही मुस्तफा की जिन्दगी की आमद है। वह उसकी रोज़ी-रोटी का जरिया भी है। इसके अलावा उसने कुछ और सीखा भी नहीं है।'' वज़ीरे आज़म ने फर्माया।

''अगर ये किसी दिन मर गया तो भीड़ हाथ मलती रह जाएगी,'' शाहजहाँ अभी सन्तुष्ट नहीं हुआ था।

''जी हाँ, आलमपनाह। यह बात भीड़ भी जानती है। आजकल के लोग मौत से लड़ना भूल चुके हैं। किसी को मौत का सामना करते देख कर ही सुकून पा लेते हैं। इस बुलन्द दरवाजे की ऊँचाई का अन्दाज भी इसी बात से लगाते हैं कि अगर कोई ऊपर से गिरा तो हड्डी-पसली बराबर हो जाएगी। इस छलाँग में भी मुस्तफा की मौत की सम्भावना ही उनके रोमांच की एक खास वजह है।''

''हिन्दी बहुत अच्छी बोल लेते हैं वज़ीरे आज़म,'' –शाहजहाँ ने चुटकी ली।

''हमेशा से बोलता था आलमपनाह। हिन्दुस्तान का ही बाशिन्दा हूँ,'' वज़ीरे आज़म ने कहा और दरगाह की ओर देखने लगे। दरगाह के सामने हारमोनियम लिए कोई गा रहा था–

ख्वाजा सलीम चिश्ती, मौला सलीम चिश्ती,
बिगड़ी मेरी बना दे, मौला सलीम चिश्ती।

शाहजहाँ भी इस आवाज को सुन चुका था। दोनों दरगाह की ओर मुँह कर सिर झुकाकर बैठ गए।

मुस्तफा मौत की छलाँग लगाने फिर बुलन्द दरवाजे की दीवार पर चढ़ने लगा।

❑❑

''ये बंगला तो अच्छा मालूम पड़ता है। हरा-भरा, साफ-सुथरा, नया व पौधों से भरा, बाँस से बनी चारदीवारी।'' शाहजहाँ ने सरकारी कालोनी में बनी एक कोठी की ओर इशारा करते हुए कहा।

''जहाँपनाह, ये कोठी चीफ कन्जर्वेटर आफ फारेस्ट, यानी कि मुख्य वन संरक्षक की है।'' वज़ीरे आज़म ने जवाब दिया।

''वन संरक्षक? वज़ीरे आज़म, क्या अब भी जंगलात में से गुजरते समय इतना खतरा है कि वहाँ संरक्षक अलग से तैनात किए गए है?'' शाहजहाँ ने जिज्ञासा व्यक्त की।

"जहाँपनाह, जंगलातों में खतरा नहीं है बल्कि जंगलातों को खतरा है।" वज़ीरे आज़म ने फर्माया।

"लाहौल बिना कूवत, जंगलातों को खतरा कैसा और उसके लिए संरक्षक कैसा?" जाहिर था शाहजहाँ को वज़ीरे आज़म की बात कतई समझ में नहीं आई थी। वो अपनी फरफराती हुई सफेद दाढ़ी पर हाथ फेरते हुए सोचने लगा अपने सैनिक एक्सपैडीशन की बात जब जंगलों से सेना के पार होते समय हमेशा कोई-न-कोई वारदात हो जाती थी।

पता नहीं चलता था घने बसे जंगलों में किस तरह से दुश्मन का छापामार दस्ता आकर अचानक खेतों में गड़बड़ी फैला दे। दुश्मन नहीं तो जंगली जानवरों का खौफ। हर रात चार-पाँच आदमियों का शिकार हो जाना मामूली बात थी। अक्सर व्यापारियों के जंगलों में लुटने की खबरें हिन्दुस्तान के हर कोने से आती रहती थीं। कई बार सैनिकों का पड़ाव खतरनाक रास्तों पर करवाना पड़ा था। ऐसे जंगलों को खतरा, और उनके लिए वन संरक्षक? लाहौल बिला कूवत।

"आलमपनाह," वज़ीरे आज़म ने बोलना शुरू किया तो शाहजहाँ की तंद्रा टूटी। "आलमपनाह, अब जंगलात तो रहे नहीं, सब पेड़ कट गए। जंगलात को साफ कर जमीन पर खेती होने लगी है। जहाँ खेती भी नहीं होती, वहाँ ऊसर हो गया, घास भी नहीं उगती वहाँ पर। नदी के किनारे के जंगल साफ हो गए और बालू ही बालू निकल आई है वहाँ पर। मिट्टी बराबर कटती है, नदी खिसक जाती है और जंगल का नामोनिशान नहीं है। वहाँ के जंगल के नाम पर कुछ ठूँठ अब भी खड़े हैं वहाँ पर। दिन में वहाँ आदमी नजर आते हैं और रात को कुछ जंगली सियार, जो जंगलों के इस हाल पर बेहाल होकर यदाकदा हुआं-हुआं कर आँसू टपकाते हैं। आलीजाह, चीफ कन्जर्वेटर आफ फारेस्ट का काम जंगलात की रक्षा करना भी नहीं है, जंगलात है ही नहीं। इनका काम जंगल उगाना है। ये जंगल उगायेंगे। उसमें जानवर बसायेंगे और फिर उनकी रक्षा करेंगे।"

वज़ीरे आज़म का ये एकतरफा वार्तालाप सुनकर शाहजहाँ परेशान हो गया लेकिन उसकी जिज्ञासा अभी भी शांत नहीं हुई थी। बोला, "जब जंगलात खतम हो गए और जमीन पर खेती होने लगी तो अब नया जंगल कहाँ लगेगा वज़ीरे आज़म?" शाहजहाँ को पूरा इत्मीनान था कि अब वज़ीरे आज़म लाजवाब हो जायेंगे लेकिन वज़ीरे आज़म लाजवाब नहीं हुए, बोले, "जहाँपनाह, अब जंगलात का मतलब वो नहीं जो हमारे ज़माने में था। अब पेड़ लगाने से मतलब है और पेड़ कहीं भी लग सकता है। खेतों की मेंड़ों पर, सड़कों के किनारे, गाँव-समाज की एकड़-दो एकड़ जमीन पर, चौराहे के बीच में पेट्रोल पम्प के सामने, नहरों के किनारे, तालाबों के किनारे।

"लेकिन जंगली जानवर कहाँ जायेंगे?" शाहजहाँ ने फिर टोका।

"वन चेतना केन्द्रों में।" वज़ीरे आज़म ने दो टूक जवाब दिया। इस दो टूक जवाब से शाहजहाँ लाजवाब हो गया।

❑❑

एक बार एक दुर्घटना में,
मेरा कुत्ता घायल हो गया।
मैं उसे अस्पताल आपरेशन के लिए ले गया।
अस्पताल में एक नेता का भी आपरेशन था।
आपरेशन में घपला हो गया।
नेता का जबड़ा कुत्ते के लग गया।
और कुत्ते का जबड़ा नेता के लग गया।
और जनाब, अब हालत ये है कि
मेरा कुत्ता आपे से बाहर हो गया है।
चौराहों पर दिन-रात भाषण देता है,
और उधर वो नेता, शहर की गलियों में,
रात-रात भर भौंकता रहता है।...

सूर सदन में कवि सम्मेलन चल रहा था। संयुक्त कर्मचारी संघ ने इसका आयोजन किया था। आस-पास के शहरों के करीब दस-पन्द्रह कवियों-कवयित्रियों को आमंत्रित किया गया था। कई प्रकार के कविगण मंच पर विराजमान थे। सबसे ज्यादा मंत्रियों में थे स्थानीय कविगण। इनमें से कुछ कविगणों को आमंत्रित किया गया था और कुछ कविगण स्वयं निमंत्रित थे और मंच पर स्वयं के अनुरोध पर विराजमान थे। इनके अलावा 'नयी पीढ़ी' के कविगण थे जो उनके स्वयं के विचार में बड़े क्रन्तिकारी विचारों के थे, वरिष्ठ कवियों के विचार में दुधमुँहे बच्चे थे और जनता की नजर में 'फालतू' थे। तीसरी श्रेणी विशेष आमंत्रियों की थी जो कि मात्र यात्रा भत्ता एवं पारितोषिक के वायदे पर पधारे थे। और इनके अतिरिक्त कवि सम्मेलन के दो-तीन विशेष आकर्षण थे जिन्होंने मंच पर पधार कर श्रोतागणों व आयोजकों को कृतार्थ कर दिया था।

किसी भी कवि सम्मेलन के लिए ये विशेष आकर्षण किसी सेनापति की छाती पर लगे 'मेडल' से कम नहीं होते। इनके आने से सम्मेलन में एक दो नहीं पूरे चार चाँद लग जाते हैं और इस बात को ये लोग बखूबी जानते हैं। कवि सम्मेलन की सफलता व असफलता का दारोमदार इनके गले की ताकत पर निर्भर करता है। गले में ताकत पैदा करने के लिए सोमरस-पान आवश्यक होता है। यहाँ भी हुआ। सभी कविगण मंच पर विराजमान थे जो जितना वरिष्ठ

था उतना ही अधलेटा था और वरिष्ठतम कवि पूरे ही लेटे हुए थे। सोमरस अपना रस दिखा रहा था।

हर कवि सम्मेलन की परम्परा के अनुसार इसके पहले स्थानीय कवियों का कविता पाठ हो रहा था। दर्शक इकट्ठे हो रहे थे। कुमार साहब, मुख्य अतिथि थे। उन्होंने आकर अध्यक्ष पद सँभाला। प्रथम कविता पाठ के बाद कविगणों का स्वागत किया गया, माल्यार्पण द्वारा। माल्यार्पण कुमार साहब ने किया। सभी ने माला उठाकर स्वीकार की, केवल वरिष्ठतम कवि को छोड़कर। उन्होंने लेटे-लेटे ही माला स्वीकार की। कवि सम्मेलन अब पूरे जोर से शुरू हुआ।

ऊपर-ऊपर राजा
नीचे-नीचे भंगी।

ये बोल थे एक हास्य कवि की कविता के। जनता जी भरकर हँस रही थी। कविगण सो रहे थे।

आने वाले कल से मेरी आज मुलाकात हुई...

कुमार साहब भी कविता पाठ कर रहे थे—

आने वाले कल से मेरी आज मुलाकात हुई,
घंटा भर बैठ के घुलमिलके खूब बात हुई।
मैंने कहा कल से, तू मुझे आज चाहिए।
कल बोला, अरे पगले, यह हो नहीं सकता,
गर मैं मिल गया तुझे आज,
तो मैं कल रह नहीं सकता।

समझ में आई हो या न आई हो, श्रोताओं ने जोरदार तालियाँ बजाकर इसका स्वागत किया। मंच पर बैठे खाद्य विभाग के आयोजनकर्ताओं ने भई वाह, भई कमाल, गुकर्रर इत्यादि कहकर तारीफों के पुल बाँध दिए। स्थानीय कवियों ने भी ताली बजाई, बाहर से आए कवियों ने गर्दन हिलाई और विशिष्ट आमंत्रितों ने केवल कुमार साहब को घूरकर देखा।

तालियों से प्रोत्साहित होकर कुमार साहब ने अपनी दूसरी कविता भी सुना डाली—

काम की छोड़ो आराम की बात करो,
बेवकूफों की छोड़ो, अकलमंदों की बात करो।

कविता पाठ के बाद कुमार साहब की कविताओं का स्टाक खत्म हो चुका था। उधर सभी कविगण उन्हें गुस्सैली आँखों से घूर रहे थे इसलिए कुमार साहब ने वहाँ से खिसक जाना ही बेहतर समझा। सम्मेलन का सभापतित्व वे विशेष आकर्षण को सौंपकर घर चले गए।

कवि सम्मेलन खूब जमा। सुबह छह बजे तक चला। ऐसा उन्हें बताया

गया।

❑❑

रविवार के दिन दोपहर के ग्यारह बजे दो व्यक्ति सीधे कुमार साहब के लान में आ गए। उनमें से एक पान चबा रहा था, दूसरा अपने महीनों न धोए गए बालों में कंघी कर रहा था। कुमार साहब से तपाक हाथ मिलाते हुए, पान चबाने वाले ने कहा, ''हलो, मैं 'इण्टरनेशनल टाइम्स' का प्रधान सम्पादक हूँ।''

''कहिये, मैं क्या कर सकता हूँ।'' कुमार साहब ने कहा।

''ऐसा है क्या, हम लोग एक पत्रकार सम्मेलन में इटावा जाना चाहते हैं। कोई पचास पत्रकार हैं। बस का इन्तजाम होना है।'' पान चबाने वाले ने बेशर्मी से कहा।

''बस का इन्तजाम? भई मेरे पास तो कोई बस नहीं है।'' आश्चर्य और क्रोध को दबाते हुए कुमार साहब ने कहा। ''वो तो ठीक है। बस को हम एंगेज कर लेंगे, बस किराये का भुगतान आप कर दें।'' बालों में कंघी करते दूसरे पत्रकार ने कहा।

''यह तो सम्भव नहीं है,'' उत्तर मिला।

दोनों पत्रकारों ने देखा, बात कुछ बन नहीं रही है। जहाँ तक उन्हें ख्याल था खाद्य विभाग ने कभी भी पत्रकारों से इतनी बेरुखी नहीं अपनाई थी। उन्होंने अपनी भौंहों को एक स्तर से नीचे उतारा।

''अच्छा साहब, ऐसा है, आप कुछ योगदान तो करवा दें।''

''भई, मैं किसी से क्या योगदान करवा सकता हूँ। हाँ, आप कहें तो मैं खुद आपको दस रुपये दे सकता हूँ।'' कुमार साहब ने अपनी असमर्थता जाहिर की।

दोनों पत्रकार बन्धुओं को जैसे बिजली का झटका लगा। पान चबाने वाले ने अनायास ही अपना पान जल्दी-जल्दी, पाँच-छह बार चबड़-चबड़ करके चबा डाला। कंघी करने वाले ने कंघी करना बन्द कर दिया। झटके से उबरते हुए उन्होंने फिर अपना दाँव फेंका।

''दस रुपया, तो बहुत कम है। पचास रुपया तो करवा दीजिए साहब।''

कुमार साहब ने सोचा, सौदा ज्यादा महँगा नहीं है। उन्होंने कल दफ्तर में आने को कहा। दोनों लोग चले गए।

दूसरे दिन दफ्तर में पता चला 'इण्टरनेशनल टाइम्स' नाम का कोई पत्र नहीं था। दोनों पत्रकार केवल तथाकथित पत्रकार थे।

❑❑

गेहूँ-खरीद चल रही थी। बोरों की कमी बरकरार थी। शिकायतों के पुलंदे शासन के पास बढ़ते जा रहे थे। खाद्य विभाग के अधिकारी लगातार दौरे कर रहे थे। गड़बड़ी करने वालों में और चेकिंग करने वालों में चोर-सिपाही का खेल चल रहा था। इसी बीच मंत्री जी ने फिर आगरा-भ्रमण कार्यक्रम बनाया। पूरे मण्डल का एक दिन में भ्रमण कार्यक्रम था। मंत्री जी, सचिव महोदय, संयुक्त सचिव महोदय और विशेष सचिव महोदय, राजकीय विमान द्वारा आगरा की हवाई पट्टी पर उतरे सुबह साढ़े आठ बजे। सर्किट हाउस में 'फास्ट ब्रेक फास्ट के बाद' छापादल की पाँच टुकड़ियाँ बनाई गईं। तीन कारें, दो जीपें। मंत्री जी की टुकड़ी, जिसमें सचिव साहब और कुमार साहब भी शामिल थे, विशेष सचिव की टुकड़ी संयुक्त सचिव की टुकड़ी, एस.डी.एम. की टुकड़ी और पी.सी.एफ. की टुकड़ी डिप्टी साहब के निर्देशन में। विशेष सचिव की टुकड़ी गई अलीगढ़ के लिए। ए.डी.एम. साहब की टुकड़ी गई आगरा के लिए, डिप्टी साहब की मथुरा के लिए, संयुक्त सचिव की एटा के लिए और मंत्री जी की मैनपुरी के लिए।

रास्ते में पड़ने वाले सभी गेहूँ-क्रय केन्द्रों को देखना था, केन्द्र पर बैनर, गेहूँ के बोरे, स्टाक रजिस्टर, बोरा रजिस्टर, चेक बुक, रसीद बुक, किसानों के लिए सुख-सुविधा, गेहूँ छानने के लिए छन्ना, पानी पिलाने का इंतजाम, गेहूँ के ग्रेड, सैम्पुल्स, बोरा सिलाई का इन्तजाम, काँटाबाँट मुहर सहित, इत्यादि की पूरी जाँच की जानी थी। इसके अलावा यह भी देखना था कि कहीं क्रय केन्द्रों पर बिचौलियों के माध्यम से तो खरीद नहीं हो रही। निश्चय ही कोई-न-कोई राजकीय कर्मचारी मरने वाला था। ऐसा निश्चय ही होता यदि कुमार साहब ने एक दिन पहले धुआँधार तैयारी न कराई होती। इस हवाई आक्रमण के एक दिन पहले रात के आठ बजे से लेकर सुबह के पाँच बजे तक आगरा से पाँच-छह सुसाइड स्क्वाड्स भेजे गए थे जिसका कि मुख्य कार्य समस्त सम्बन्धियों को आने वाली मुसीबत से आगाह करना था। मोर्चाबन्दी हर जगह पर ली गई थी। ज्यादातर सब जगह ठीक-ठाक ही मिला। सब कुछ ठीक-ठाक मिलने से मंत्री जी कुछ परेशान हो गए। उन्हें लगा कि यह हवाई आक्रमण पूरी तरह विफल जा रहा है। उन्होंने एक गेहूँ केन्द्र पर 'सत्य की तह तक' पहुँचने का निर्णय लिया। उन्होंने केन्द्र पर एकत्रित भीड़ को सम्बोधित करते हुए कहा—"अरे भाई, यह गेहूँ के बोरे किसके हैं, है कोई इसका मालिक?"

चार-पाँच किसान या तथाकथित किसान आगे बढ़कर आए और बोले, "यह हमारा गेहूँ है जी।" इसके साथ ही कुछ देर के लिए द्विपक्षीय वार्तालाप प्रारम्भ हो गया—

मंत्री—ये गेहूँ तुम्हारा है?

किसान—हाँ जी, हमारा ही है, और किसी का थोड़े ही न लायेंगे।

मंत्री—तुम सच बोल रहे हो?

किसान—अजी झूठ बोलने की हमें क्या पड़ी।

मंत्री—तुम्हारी खुद की काश्त है या गाँव से खारीद लाए?

किसान—अजी, अपनी ही काश्त है, किसी और से क्यों खरीदेंगे।

मंत्री—तुम लोग बिचौलिए लगते हो।

किसान—अजी किसने कहा हम बिचौलिये हैं। कोई कहके तो देखे, हम उसकी ऐसी-तैसी...।

इससे पहले कि वार्ता अनर्गल हो जाए, सचिव महोदय ने टुकड़ी को आगे बढ़ने का इशारा किया। यह आक्रमण भी फेल हो गया। आगरा की टुकड़ी पाँच-छह किलोमीटर चलने के बाद सड़क के बीचोंबीच जाम हो गई। जीप के टायर का पंचर हो गया था। पंचर बनने में करीब दो घण्टे का समय व्यतीत हो गया था। और तब तक लंच का समय हो गया था। लिहाजा यह टुकड़ी बैरंग वापस सर्किट हाउस की ओर मुड़ गई। मथुरा जाने वाली टुकड़ी को गेहूँ-क्रय केन्द्रों पर किसानों के प्रदर्शन का मुकाबिला करना पड़ा। क्रय केन्द्रों पर बोरों की कमी की वजह से पिछले दो दिनों से खरीद बन्द थी, खरीद में गड़बड़ी होने का प्रश्न ही पैदा नहीं होता था।

अलीगढ़ से आने वाली टुकड़ी को अपने मिशन में आंशिक सहायता मिली। एक गेहूँ केन्द्र पर पड़े हुए गेहूँ के बोरों को अपनाने वाला कोई नहीं मिला, लिहाजा बोरे सीज कर दिए गए।

इस आक्रमण के बाद और किसी आक्रमण का समय नहीं था। शाम के पाँच बजे हवाई पट्टी पर पहुँचना था। सभी टुकड़ियाँ सीधे ही हवाई पट्टी पर पहुँच गईं। पाइलट तैयार था। विमान भी तैयार था। 'हैलो, हाउ आर यू', कुमार साहब ने पाइलट महोदय का स्वागत किया। 'फाइन, शैल वी गो', पाइलट महोदय कहते हुए, विमान की ओर चल दिए। मंत्री जी उनके आक्रमण दल या कमाण्डो दस्ते के सदस्य व लगभग पचास अन्य अधिकारीगण जो मंत्री जी को विदा देने आए थे, हवाई पट्टी की ओर चल दिए। विमान में बैठते समय, यात्रियों की संख्या में गड़बड़ी पैदा हो गई। एक यात्री बढ़ गया था। कैसे, क्यों, यह उस समय किसी की समझ में नहीं आया। अजीब असमंजस की स्थिति पैदा हो गई। चूँकि समय निकलता जा रहा था, पाइलट बार-बार सब लोगों से कह रहा था कि वे सब किसी एक को छोड़कर विमान में सवार जो जाएँ। सचिव महोदय इस समस्या का हल ढूँढ़ने की कोशिश कर रहे थे। विमान-चालक यानी पाइलट महोदय का धैर्य समाप्त हो गया। उसने सीधे ही सचिव महोदय से कहा, "आर

यू कमिंग, आर नाट?'' और इसके साथ ही उसने विमान का दरवाजा बन्द करना शुरू कर दिया। कुमार साहब इसे नहीं झेल पाए और बोले, ''व्हाट आर यू डूइंग, दिस प्लेन विल नाट लीव विदाउट टेकिंग द सेक्रेटरी।''

विमान-चालक इसे नहीं झेल पाया, वह फौरन कूदकर नीचे आया। उसका चेहरा लाल हो चुका था, आँखों से चिनगारियाँ निकल रही थीं। अंग्रेजी उसे आती थी और वह धड़ाधड़ अंग्रेजी बोल रहा था। जो कुछ पाइलट ने बोला, उससे यह मतलब निकल रहा था कि वह हवाई सेना में एक कमाण्डर की हैसियत रखता था और हवाई सेना के कैडर उसके इशारों पर नाचते थे। वह अक्सर हवाई अभ्यासों के दौरान बमबारी कर चुका था। और अब यहाँ ये हाल कि कोई उसे उसके विमान में ही चैलेंज कर रहा था। उसका गुस्सा और बढ़ गया। वह तेजी से कुछ जूडो-कराटे के पैंतरे बदलते हुए कुमार साहब की ओर बढ़ने लगा। इस अचानक हमले से सब लोग सकते में आ गए थे लेकिन इससे पहले कि 'सावधानी हटे और दुर्घटना घटे', विशेष सचिव महोदय ने अपना भारी-भरकम शरीर कुमार साहब और विमान-चालक के बीचोंबीच डाल दिया और उसको ठेलते हुए एक ओर ले गए। मंत्री जी, जोकि विमान के अन्दर बैठ चुके थे, इस शोर-शराबे को सुनकर बाहर आ गए। सारे मामले को समझकर उन्होंने कहा, ''अच्छा, ये हमारे उच्चाधिकारियों को ब्लडी कहता है। हम हवाई जहाज से नही जायेंगे।'' वे विमान से उतरकर गाड़ी में बैठ गए। विमान-चालक विमान को बिना सवारियों के वापस ले गया।

सर्किट हाउस वापस पहुँचते-पहुँचते मंत्री जी इस हादसे की बात भूल चुके थे और फिर कुछ कर गुजरने के लिए तैयार हो गए थे। सर्किट हाउस में हवाई दस्ते के सदस्यों ने अपनी-अपनी कारगुजारी की रिपोर्ट मंत्री जी को दी। मंत्री जी खासकर अलीगढ़ वाली टुकड़ी की करामात से बहुत प्रसन्न थे। यही एक माँ के लाल थे जिन्होंने गेहूँ सीज करके दिखाया था। उन्होंने फौरन कुमार साहब को बुला भेजा। ''भई, इसको जाके आप देखिए जरा और मुझे बताइए,'' उन्होंने निर्देश दिए। कुमार साहब को चलने में पाँच मिनट की देरी हो गई। मंत्री जी नाराज हो गए। उन्होंने फिर कुमार साहब को बुला भेजा, ''भाई आप जा रहे हैं या मैं चलूँ,'' यह कहते-कहते खड़े हो गए थे। कुमार साहब फौरन चल दिए। क्रय केन्द्र पर पहुँचने पर उन्होंने पाया कि वहाँ दस-बारह किसान अपने सिर पकड़े रो रहे थे।

''हजूर, हमने क्या कसूर किया, जो हमारा गेहूँ जपत कर रहे हैं आप। बोरे खतम हो गए थे। इन्स्पेक्टर साब ने कही थी कल आने के लिए। अब आप धरे ले रहे हैं।''... उन सबने एक स्वर से गुहार मचाई। कुमार साहब उनके बयान लेकर वापस आ गए।

हवाई आक्रमण का ये रोमांचकारी दिन रात को ग्यारह बजे समाप्त हुआ जब ये पूरा का पूरा दस्ता, अवध एक्सप्रेस से राजधानी के लिए प्रस्थान कर गया।

❑❑

कापड़िया ने पहला पेंच घुमाया और रात के साढ़े ग्यारह बजे वरिष्ठ खाद्य निरीक्षक के यहाँ पहुँचा। वरिष्ठ निरीक्षक उसका इन्तजार ही कर रहा था। कापड़िया को देखते ही बोला, "कहिए, क्या कर सकता हूँ?" कापड़िया बड़े इत्मीनान से बोला, "करना ये है कि आज रात भर कुछ नहीं करना। आटा सीज नहीं होना चाहिए" "नहीं होगा। और कुछ?" वरिष्ठ निरीक्षक ने भी इत्मीनान से जवाब दिया।

"आज के लिए इतना ही काफी है।" इतना कहकर कापड़िया वापस आटा मिल आया। मैनेजर को बुलाया और बोला, "ये जितने भी रिजल्टेण्ट आटे के बोरे हैं इन पर से रिजल्टेण्ट काट कर आटा ही लिखा रहने दो। सारा लादकर इसी वक्त आगरा भेज दो। जो पहले दो रुपया पैंतीस पैसे किलो बिकता था और अब वही लगभग दुगुने भाव बिकेगा।" उसने बोलने के लिए मुँह खोलना चाहा तो कापड़िया ने उसे टोका, "घबराओ नहीं, जैसा मैं कहता हूँ करते जाओ। कल सुबह मण्डी में होलमील आटा करके बोली लगा देना। दो रुपया पैंतीस पैसा भाव है, जरूरत पड़ने पर दस-पन्द्रह पैसे घटा देना। सब बिक जाएगा।" रातोंरात सारा माल आगरा भेज दिया गया। इसके बाद कापड़िया पहुँचा थाने में। बड़े दरोगा जी सो रहे थे। छोटे दरोगा छुट्टी पर थे, जो आज ही लौटे थे। कापड़िया को देखते ही छोटे दरोगा जी खड़े हो गए, बोले, "कहिए कापड़िया जी, कैसे आए?"

"सुना है हमारे खिलाफ एफ.आई.आर. दर्ज कराई गई है," कापड़िया कुर्सी पर बैठते हुए बोला।

"हाँ, है तो सही बात," छोटे दरोगा ने कहा।

"दर्ज तो करनी ही पड़ी। मना नहीं कर सकते।" छोटे दरोगा ने मजबूरी जाहिर की।

"अब? अब तहकीकात होगी?" कापड़िया ने पूछा।

"हाँ, तहकीकात तो करनी ही पड़ेगी।" अब दरोगा जी के चेहरे से मजबूरी टपक रही थी।

"हम भी यही कहने आए हैं। तहकीकात करो और खूब जमकर करो," कापड़िया ने हल्के से मुस्कराते हुए कहा।

"मैं समझ गया, कापड़िया साहब।" छोटे दरोगा ने मुस्कराकर जवाब देते

हुए कहा।

कापड़िया सन्तुष्ट होकर घर चला आया। उसको जितने पेंच घुमाने थे घुमा चुका था।

❑❑

कापड़िया के खिलाफ दर्ज कराई गई प्रथम सूचना रिपोर्ट यानी कि एफ.आइ. आर. पर जो तहकीकात शुरू हुई तो उसने फिर रुकने का नाम नहीं लिया। छोटे दरोगा ने चपरासी से लेकर उच्चाधिकारियों तक के बयान ले डाले। तमाम शासनादेशों की प्रतियाँ इकट्ठी कर लीं और फिर उन सबकी विवेचना कर यह निचोड़ निकाला कि रिजल्टेण्ट आटे के बारे में शासन के स्पष्ट आदेश न होने के कारण कापड़िया के विरुद्ध आवश्यक वस्तु अधिनियम के अन्तर्गत कोई अपराध बनना प्रथम दृष्ट्या प्रतीत नहीं होता था और इसलिए मामले में फाइनल रिपोर्ट लगा दी जाए। चूँकि पेंच घुमाने में कार्यालय की आर्थिक स्थिति को एक धक्का लग चुका था इसलिए उसने आटा मिल को तेजी से चलाने के लिए, गेहूँ बाजार से खरीदना फिर शुरू कर दिया। स्थगनादेश उसके पास था ही। पहले तो स्थगनादेश एक माह ही के लिए था, अब उसकी अवधि उसने बढ़वा ली थी। उसने सैकड़ों मन गेहूँ कई दुकानदारों के पास से खरीद कर मण्डी यार्ड के अन्दर जमा कर दिया।

कापड़िया की इन सब करामातों की खबर कुमार साहब को मिली। कापड़िया हद से ज्यादा बढ़ चुका था। पुलिस कोई कार्यवाही नहीं कर रही थी। स्थानीय स्टाफ उसके दबाव में था और मिला हुआ था। उन्होंने फिर छापा मारने की योजना बनाई। आगरा से छापादल लेकर वो सुबह छह बजे निकल पड़े। आठ बजे मैनपुरी के मण्डी यार्ड में पहुँचे। अभी बाजार पूरी तरह लगा नहीं था। छापादल के लोग सीधे नीलाम चबूतरे पर पहुँचे। चबूतरे पर गेहूँ के सैकड़ों बोरे जमा थे। कुमार साहब ने जोर से आवाज लगाकर पूछा, "अरे भइये, गेहूँ किसका है," आस-पास खड़े किसी भी व्यक्ति ने जवाब नहीं दिया। फिर छापादल के सदस्यों ने पूछताछ शुरू की। गेहूँ के बोरों का कोई भी दावेदार आगे नहीं आया। ये गेहूँ लावारिस साबित हुआ। इसके बाद मण्डी यार्ड में बने गोदामों में स्टाक चेकिंग शुरू हुई। कुछ गोदामों में ताला लगाकर लोग भाग गए। ताले तोड़े गए। स्टाक लिमिट से कई गुना ज्यादा गेहूँ गोदामों में भरा हुआ था। दावेदार कोई नहीं था। कुल मिलाकर पूरे पाँच लाख रुपये का गेहूँ जब्त किया गया। कुमार साहब कुर्सी डाले नीलाम चबूतरे पर बैठे रहे। अब सीज करने के बाद ये गेहूँ किसी की सुपुर्दगी में देना था। सुपुर्दगार बड़ी मुश्किल से मिला। पूरी कार्यवाही

में छह घण्टे लगे थे। कार्यवाही पूरी होने के बाद वे फौरन आगरा वापस आए। तुरन्त रेडियोग्राम के जरिये शासन को सूचना भेज दी गई। "व्हीट स्टाक वर्थ फाइव लाख रुपीज सीज्ड, एफ.आई.आर लोज्ड। मैटर अण्डर इन्वेस्टीगेशन, फर्दर डिटेल्स शेल कीसेण्ट।" इसके साथ ही समाचार-पत्रों में भी लिखित रिपोर्ट भेजी गई जो कि बड़ी सुर्खियों में दूसरे दिन छपी।

यह गेहूँ कापड़िया का था। कई दुकानदारों के माध्यम से उसने खरीदा था। सारा का सारा पन्द्रह लाख रुपये का गेहूँ सीज हो जाना उसके लिए मृत्युदण्ड की तरह था। जब उसे इसकी खबर मिली तो वो कुछ देर सकते में आ गया। लेकिन फौरन ही उसने अपने आप को सँभाला और घर के दालान में चहलकदमी करने लगा। इस नई मुसीबत से उसे छुटकारा पाना ही था। इस बार वरिष्ठ निरीक्षक और थाने के दरोगा के बस की बात नहीं थी। केवल एक ही रास्ता था स्थगनादेश। बस फौरन ही वो अपनी एम्बेसडर लेकर चल दिया, स्थगनादेश प्राप्त करने शाम के आठ बजे। स्थगनादेश उसे मिल गया, रात के नौ बजे। इस आदेश के अनुसार कोई भी व्यक्ति मण्डी में रखे गेहूँ को उठाने में हस्तक्षेप नहीं करेगा। चूँकि रात का समय था। यह आदेश कापड़िया ने अपने दफ्तर में ही करवा लिया था। इस आदेश के बल पर उसने दूसरे दिन सारा गेहूँ उठाकर मिल में रख लिया। सुपुर्दगार उस दिन मण्डी में मौजूद नहीं था। तीसरे दिन जब सुपुर्दगार लौटकर आया तो उसने स्थानीय थाने में प्रथम सूचना रिपोर्ट दर्ज करा दी। थानेदार साहब ने तहकीकात शुरू कर दी। तहकीकात चलती रही। वरिष्ठ निरीक्षक ने इस समस्त कर्मकाण्ड की एक संक्षिप्त रिपोर्ट डाक द्वारा कुमार साहब को भेज दी। यह डाक कुमार साहब को पन्द्रह दिन बाद मिली। तब तक सील किया हुआ सारा गेहूँ कापड़िया आटा मिल में पिसकर मैदा, सूजी और रिजल्टेंट आटा बनकर कापड़िया-ब्राण्ड के नाम से आगरा के बाजारों में बिक चुका था।

कुमार साहब ने अब वरिष्ठ निरीक्षक के कार्यालय का निरीक्षण किया। निरीक्षण के उपरान्त उन्होंने वरिष्ठ निरीक्षक को निलम्बित कर दिया। निलम्बन हो जाने के बाद उसकी सिफारिशें आना लाजिमी था। लेकिन कुमार साहब को सबसे ज्यादा आश्चर्य तब हुआ जब खुद कापड़िया वरिष्ठ निरीक्षक की सिफारिश लेकर आया। बोला, "साहब, हमारे साथ, आपके साथ जो हुआ उसमें डिप्टी साहब का बहुत हाथ है। हमें जितना तंग किया, हम फिर कभी आपको बतायेंगे। लेकिन यह पंडित खामखा में मारा गया, इसका कोई कसूर नहीं है। बाकी हमें कुछ नहीं कहना, नमस्कार।" कुमार साहब कापड़िया की हिम्मत और अपने शुभचिन्तकों के प्रति उसकी वफादारी देखकर काफी प्रभावित हुए।

❑❑

"रुको, रुको, रुको" शाहजहाँ ने वज़ीरे आज़म को हाथ से पकड़ कर रोकते हुए कहा और बोला, "देखिए, वो नीचे देख रहे हैं न आप। एक सफ़ेदपोश को रिक्शा गाड़ियों में सवार दस-पन्द्रह लोग मार डालने की कोशिश कर रहे हैं और वो बेचारा दर्द की वजह से अपने हाथ-पैर इधर-उधर फेंक रहा है। कुछ करना चाहिए।" वज़ीरे आज़म ने नीचे आँखें गड़ा कर देखा। थोड़ी देर में सारा माजरा समझ में आ गया। वे लोग शहर में विचरण करते हुए, किनारी बाजार के ऊपर आ पहुँचे थे। यहाँ के एक तिराहे पर रोजमर्रा का एक 'आम दृश्य' दिखाई दे रहा था। तिराहे पर पर तीनों ओर आने व जाने वाले रिक्शे-ताँगे, अनवरत चल रहे थे। यहाँ की धोती की किनारी जितनी पतली सड़क पर दायें या बायें में कोई फर्क नहीं था। फर्क करना सम्भव भी नंहीं था। हर रिक्शा-ताँगा, पैदल इसलिए चल रहा था, क्योंकि वह रुकना चाहकर भी रुँक नहीं सकता था। अगर रुकता तो पीछे वाला धक्का मारकर उसे आगे बढ़ा देता। तिराहे पर सब लोग एक साथ आगे बढ़ने की कोशिश कर रहे थे। तिराहे पर खड़ा एकमात्र सिपाही किसी तरह भी उन्हें सँभाल पाने में पूर्णतया असमर्थ था। उसकी सीटी बज-बजकर बेजान हो चुकी थी और उसके गले में झूल रही थी। उसकी सफेद वर्दी भी कई रिक्शों व साइकिलों की कीलों में फँसकर जर्जरित हो चुकी थी। रिक्शा वाले भी उसकी दुर्दशा से प्रभावित होते हुए, उसके दायें-बायें से निकलने की कोशिश कर रहे थे लेकिन तीनों तरफ से बराबर दबाव होने की वजह से टस से मस नहीं हो पा रहे थे।

रोजमर्रा का आम दृश्य किनारी बाजार में हर समय देखने को मिल सकता था। पुराने आगरे का यह मुख्य बाजार था और यहाँ हर चीज मिलती थी सिवा चाट के। और चाट मिलती है जिस दिन बाजार बन्द होता है।

किनारी बाजार जैसा कोई बाजार पूरे हिन्दुस्तान में नहीं। यह बात वज़ीरे आज़म ने शाहजहाँ को बताई। शाहजहाँ ने अपने दिमाग पर जोर डाला। जहाँ तक उसे याद था, उसने जमाने में भी किनारी बाजार जैसा कोई बाजार नहीं था। फिलहाल उसने किनारी बाजार से दरकिनार हो जाना ही ठीक समझा। दोनों लोग वापस ताज की ओर चल दिए।

❑❑

शाम के साढ़े छह बजे से सात बजे तक बारिश हुई। बारिश रुकने पर शाहजहाँ वज़ीरे आज़म के साथ नगर भ्रमण के लिए निकला। नेहरू नगर और जज

कम्पाउण्ड कालोनियों में पूर्ण अन्धकार था। बिजली की लाइन कई जगह से क्षतिग्रस्त हो चुकी थी। एक जगह ट्रांसफार्मर फुँक चुका था। सब लोग अपने घरों के बाहर, सड़क पर पूर्णतया शान्तिपूर्वक चहलकदमी कर रहे थे। ये लोग अच्छी तरह जानते थे कि आधे घण्टे की वर्षा के बाद बिजली का जाना लगभग निश्चित ही है। कोई भी व्यक्ति टेलीफोन पर बात करता दिखाई नहीं दिया। लाइन गड़बड़ा गई थी। यह भी स्वाभाविक ही था, रिवाज भी यही था।

जमुना रोड के बड़े-बड़े गड्ढों में पानी भरा हुआ था और आवागमन पूरी तरह बन्द था। अब कम्पाउण्ड कालोनी के किनारे पर कूड़े के ढेर का तालाब बन चुका था और उसमें सूअर लोट लगाकर खुशी जाहिर कर रहे थे। शहर की तमाम छोटी-मोटी गलियाँ और सड़कें दलदल बन चुकी थीं। नगरपालिका के कार्यालय के आगे एम.जी. रोड पर भी कई फुट पानी भर गया था और उसमें कारें, रिक्शे, स्कूटर इत्यादि तैर रहे थे। आधे घण्टे की बारिश में शहर की यह दुर्दशा देखकर शाहजहाँ का मन खिन्न हो गया। वह ठण्डी साँसें भरता हुआ नगर-भ्रमण बीच में ही छोड़ कर वापस ताज चला गया।

❑❑

सुबह के साढ़े पाँच बजे थे। टेलीफोन की घंटी घनघना उठी। कुमार साहब पहले तो उसके थक कर बन्द होने का इन्तजार करते रहे। जब घंटी का बजना बन्द नहीं हुआ तो कुमार साहब आँखें मिचमिचाते हुए बिस्तर से उठकर आए और टेलीफोन उठाया। "हलो सर," दूसरी ओर से आवाज आई। "हाँ, कौन है," कुमार साहब ने नींद से बैठी आवाज में पूछा। "जी मैं डी.एस.ओ. बोल रहा हूँ।" उधर से आवाज आई।

"डी.एस.ओ.?" कुमार साहब समझ नहीं पाये। "जी मैं, वर्मा, जिला पूर्ति अधिकारी," उधर से जवाब आया। कुमार साहब अब तक नींद से जाग चुके थे। बोले, "वर्मा, क्या आफत आ गई?"

"सर ऐसा है, मंत्री जी आ गए हैं। सर्किट हाउस में बिजली नहीं है और पानी भी नहीं है। वे बड़े गुस्से में हैं। आप आ जायें सर," डी.एस.ओ. साहब ने बड़ी दर्द-भरी आवाज में कहा। इतनी दर्द-भरी आवाज सुनकर कुमार साहब को कहना पड़ा, "अच्छा ठीक है, अभी आ रहा हूँ।" ड्राइवर मौजूद नहीं था। इसलिए कुमार साहब खुद ही गाड़ी चलाते हुए, सर्किट हाउस पहुँच गए।

मंत्री महोदय, कमरे के बाहर, कुर्सी डाले बैठे हुए थे। कुमार साहब ने गाड़ी खड़ी की और उतरकर मंत्री जी को पास देखकर फीकी-सी हँसी हँस दिए और बोले, "आइए।" कुमार साहब ने फौरन हाथ जोड़ते हुए कहा, "नमस्कार,

सर, मैंने जब सुना कि सर्किट हाउस में पानी और बिजली दोनों ही नहीं हैं तो मैं फौरन खुद गाड़ी ड्राइव कर आ गया। वैसे आगरा में पानी-बिजली का हाल बहुत ही खराब है सर, अब आप लखनऊ पहुँचकर जरा मुख्यमंत्री जी से कहिए कि आगरा पूरी दुनिया में मशहूर शहर है, कम से कम यहाँ तो बिजली व पानी का अच्छा इन्तजाम होना चाहिए।''

''हाँ नहीं, ताज्जुब है भई यहाँ ये हाल देखकर। अन्दर बड़ी गर्मी है, इसलिए मैं बाहर ही बैठ गया।'' मंत्री जी ने प्रतिक्रिया व्यक्त की। ''अरे भई ए.डी.एम. साहब जरा पानी का इन्तजाम करवाइए।'' कुमार साहब ने भी सहयोग का एक कदम आगे बढ़ाया। धीरे-धीरे वातावरण की गर्मी कम हो गई और कुमार साहब वापस घर चले गए।

❑❑

मथुरा रोड पर बहुमंजिला इमारत बन रही थी। इमारत के आस-पास चारों ओर झुग्गी-झोंपड़ी की बस्ती सी बन गई थी। इस बस्ती में बहुमंजिला इमारत में काम कर रहे राज-मजदूर, फिटर, वेल्डर कारीगरों का वास था। शाहजहाँ और 'वज़ीरे आज़म वहाँ घूमते हुए शाम को पहुँचे तो झोंपड़ियों से सुलगती अँगीठियों का धुआँ निकल रहा था। झोंपड़ियों के सामने कीचड़-भरी नालीनुमा पगडंडी बनाम सड़क पर पन्द्रह-बीस बच्चे शोर मचा रहे थे। रोशनी का कोई इन्तजाम नहीं था। मथुरा रोड पर लगी स्ट्रीट लाइट से ही काम चल रहा था। यहाँ वही एक-दो मोटरों में जिन्दगी की शुरुआत सुबह पाँच बजे हो जाती थी। जब इनमें रहने वाले आदमी, औरत, बच्चे हाथों में लोटे लिये पेट हल्का करने के लिए सड़क के उस पार निकल जाते थे और नाले के किनारे अपना डेरा जमाते थे। उसके बाद अँगीठियाँ जल उठती थीं और दिन-भर की दाल-रोटी आठ बजे तक बनकर तैयार हो जाती थी। उसके बाद बिल्डिंग पर काम शुरू हो जाता था। दस साल के बच्चों से लेकर साठ साल के बूढ़ों तक के लिए काम था। दोपहर का एक घण्टा छोड़कर शाम के पाँच बजे तक काम चलता था और उसके बाद पगार बँटती थी। पगार मिलने के साथ ही बराबर के खोका बाजार में नमक, तेल, मिर्च, आटा, सब्जी की खरीद-फरोख्त शुरू हो जाती थी। रात का खाना खाकर, आदमी लोग बीड़ी सुलगाकर बतियाते थे, बच्चे सो जाते थे, औरतें हाथ में लोटे लेकर आस-पास की बस्तियों में बनी नालियों के किनारे पेट हल्का करने के लिए निकल जाती थीं।

इस तरह की झुग्गी-झोंपड़ियों की बस्तियाँ आगरा के बड़े होटलों के आस-पास भी बिखरी हुई थीं। शाहजहाँ ने इनको देखा तो हमेशा की तरह वज़ीरे

आज़म से पूछ बैठा, ''वज़ीरे आज़म, हल्दी घाटी की लड़ाई हुए काफी समय हो गया। क्या राणा प्रताप के इन वंशजों ने अभी भी रणथम्भोर की ओर मुँह नहीं मोड़ा।'' यह सुनकर वज़ीरे आज़म के चेहरे पर मुस्कराहट की हल्की लकीर-सी खिंच गई। वे समझ गए कि बादशाह सलामत ने एक बार फिर गलती की थी, बोले, ''आलमपनाह, गुस्ताखी माफ हो, ये लोग राणा प्रताप के वंशज नहीं हैं। ये आगरा शहर के आस-पास के रहने वाले हैं। यह बड़ी इमारत बन रही है न, यहाँ काम कर रहे हैं?''

''बिल्डिंग पूरी हो जाएगी तो ये गाँव वापस चले जायेंगे?'' बादशाह सलामत ने पूछा।

''जी नहीं, आलमपनाह, ये लोग अब गाँव वापस नहीं जायेंगे। गाँव से अपनी जमीन, हल-बैल, सब बेच-बाचकर आए हैं। अब ये वापस नहीं जायेंगे।'' वज़ीरे आज़म ने फर्माया।

शाहजहाँ उनके इस जवाब से सन्तुष्ट नहीं था। उसने प्रश्नात्मक दृष्टि से वज़ीरे आज़म की ओर देखा।

''इसके बाद, आलमपनाह, ये लोग दूसरी इमारत पर काम शुरू कर देंगे। पाँच-दस साल इस तरह निकल जाना मामूली-सी बात है। इसके बाद, आलीजाह, ये गाँव वापस जाने लायक नहीं रह जायेंगे। जहाँ जमीन का टुकड़ा मिलेगा, झोंपड़ी डाल लेंगे, रिक्शा चलायेंगे, सब्जी के ठेले लगायेंगे, पान का खोका रखेंगे और धीरे-धीरे अपने रिश्तेदारों को भी गाँव से शहर में बुला लेंगे।'' वज़ीरे आज़म ने खुलासा बयान दिया। शाहजहाँ यह सब सुनते-सुनते कहीं खो गया था। अनायास ही बोला, ''वज़ीरे आज़म, गाँव की झोंपड़ी में अक्सर शाम को ढोलक की थाप के साथ गानों की आवाज़ सुनाई देती थी, और चरागाह से लौटती गायों के गले में बँधी घण्टी की आवाज उसमें जा मिलती थी।''

शाहजहाँ की आवाज, मथुरा रोड पर गुजरते ट्रकों की भर्राहट और झोंपड़ों की बस्ती में हो रही तू-तू मैं-मैं के शोरगुल में खो गई। उसने एकदम उदास-सी दृष्टि बस्ती की ओर डाली। कहाँ गाँव की खुली आबोहवा और कहाँ इन झोंपड़ों में घुटता जीवन। इनमें पल रहे बच्चों का क्या भविष्य होगा? बीमारी से ग्रस्त, तालीम से बेखबर ये बच्चे ही हिन्दुस्तान की तरक्की के नमूने थे। शहरों को बसाने के प्लान बनाने वाले शायद इन झोंपड़ों में पल रही आबादी के बारे में कभी नहीं सोचते। या सोचने की उन्हें फुर्सत नहीं है।

ख़्यालों में डूबा हुआ शाहजहाँ वापस ताज चला गया।

❑❑

गेहूँ-खरीद समाप्त हो चुकी थी। एक बार बारिश भी हो चुकी थी। अब निगम के पास मुख्य कार्य था। खुली जगहों पर रखे गए गेहूँ के बोरों को उठाकर गोदामों के अन्दर पहुँचाना। लेकिन खरीद समाप्त होने के साथ ही निगम के स्टाफ का स्थानान्तरण हो गया। जो लोग मुख्यालय से 'फील्ड' में भेजे गए थे वे वापस मुख्यालय आ गए। लिहाजा यह काम खटाई में पड़ गया। मण्डी में गेहूँ भरते समय कहा गया था कि गेहूँ अगले तीन महीनों में गोदामों में रखवा दिया जाएगा और मण्डी यार्ड खाली हो जायेंगे। मण्डी यार्ड के दुकानदार पिछले तीन महीनों से इन्तजार कर रहे थे कि यार्ड खाली हो लेकिन निगम का यह उसूल था कि वो जो वायदा करता था उसे कभी नहीं निभाता था। समय के अन्दर तो कभी नहीं, मण्डी यार्ड छह महीने तक नहीं खाली हुआ। काले पालीथीन से ढँके गेहूँ के चट्टों में कीड़े लग गए थे। दुकानदारों ने इसे 'सुरसुरी' का नाम दिया था। ये कीड़े हवा में उड़ते थे तो हवा में जोरों से 'सुर-सुर' की आवाज आती थी। रोज सुबह दस बजे से 'सुरसुरी' पालीथीन से निकलतीं और हवा में उड़ते हुए दुकानों पर आक्रमण कर देती थीं। दुकानदार बेबस हाथों के पंखों से, दिन-भर उनसे लड़ते। शाम को दुकानें बन्द हो जातीं और सुरसुरी अपने पालीथीन के खेमों में वापस लौट जातीं। निगम ने पूरी कोशिश की 'सुरसुरी' उन्मूलन की। कई बार दवा छिड़की गई लेकिन दस साल पुरानी इस दवा का असर सुरसुरी पर न होकर दुकानदारों पर ज्यादा हुआ। वे दुकानें छोड़कर जाने लगे। नये मण्डी यार्ड में बसी हुई नयी मण्डी की दुकानें इस सुरसुरी की बदौलत वापस अपनी पुरानी जगह पर जाने लगीं। शासन की योजना निगम के हाथों मारी जा रही थी।

गेहूँ-खरीद समाप्त होने के साथ-साथ खाद्य-विभाग में हलचल लगभग समाप्त हो चली थी। अब आगे के पाँच-छह महीनों में कोई विशेष अभियान नहीं चलाया जाना था। लगभग सारा का सारा विभाग जैसे निढाल हो गया था, गेहूँ खरीद-खरीदकर। इतना गेहूँ खरीद लिया गया था कि आगामी कई वर्षों में गेहूँ की कोई कमी प्रदेश में होने वाली नहीं थी। बोरों की कमी की वजह से इतने बोरे खरीद लिए गए थे कि उनके रखने में मुश्किल पेश आ रही थी। गेहूँ-खरीद के दौरान विभाग के बाबुओं की प्रोन्नति कर इन्स्पेक्टर यानी कि निरीक्षक बना दिया गया था। गेहूँ-खरीद समाप्त होने के बाद उन्हें फिर से बाबू बना दिया जाना था। यह प्रक्रिया हर साल दोहराई जाती थी। बाबू से निरीक्षक और निरीक्षक से बाबू बनने की उठा-पटक से बाबू लोग परेशान आ गए थे। उन्होंने इसका एक हल निकाल लिया। गेहूँ-खरीद समाप्त होने के कुछ दिन पहले उन्होंने न्यायालय से स्थगनादेश प्राप्त कर लिया। इसके अनुसार सरकार उनको फिर से बाबू नहीं बना सकती थी। गेहूँ-खरीद समाप्त हो गई लेकिन

कार्यालय के सारे के सारे बाबू निरीक्षक ही बने रहे। अब जिस बाबू से कार्यालय में बैठकर काम करने को कहा जाता, वही कहता, "सर, मैं तो निरीक्षक हूँ, मुझे तो आप किसी छोटी-मोटी मण्डी का चार्ज दे दीजिए।" कुमार साहब अब कार्यालय की इन समस्याओं में उलझ गए। कापड़िया ने शासन में शिकायत की थी कि उसे बिना वजह के परेशान किया जा रहा था। शासन ने इस पर पूछताछ शुरू कर दी थी। कुमार साहब भी कापड़िया को परेशान करते-करते स्वयं परेशान हो गए थे। उन्होंने कापड़िया का पीछा छोड़ दिया। वैसे भी उनके स्थानान्तरण का समय नजदीक आ गया था।

छक्कन लाल आढ़तिया अब भी वहीं था। उसकी उतनी-सी छोटी दुकान थी। व्यापार में कोई बढ़ोतरी नहीं हुई थी। हो भी नहीं सकती थी। उसने कोई स्थगनादेश प्राप्त नहीं किया था। उसकी कोई पहुँच किसी न्यायालय तक नहीं थी। वो एक ईमानदार व्यापारी था। बेवकूफ था ससुरा।

❑❑

खुली हवा, बाग-बगीचे, रंगीन पानी के फव्वारे, फूलों के पेड़, बड़े खुले बाजार, चाँदनी रातों में संगीत की झंकार से झंकृत महफिलें, थोड़े पैसों में आराम से चलती जिन्दगी। यह था शाहजहाँ की कल्पना का आगरा शहर। उसकी जगह जो पिछड़ापन उसने यहाँ आज देखा, उससे उसका दिल टूट चुका था। शहर-भर में गन्दगी, कचरा, धूल भरा वातावरण, बाग-बगीचों का कोई नामो-निशान नहीं, हरियाली का दूर-दूर तक कोई अता-पता नहीं। पीने के पानी की किल्लत, रंगीन फव्वारे की तो कोई सोच भी नहीं सकता। नाली में भरी कीचड़, सड़क के गड्ढों में पनपती गन्दगी, सूखी नदी के किनारों की दलदल से वातावरण इतना बदबूदार हो चुका था कि बिना नाक दबाये आदमी किसी गली-कूचे से नहीं निकल सकता था। फिर सड़कों और गलियों में पैदल चलने की जगह मलबा, लोहे के खम्भे, खुदी हुई सड़क, बिजली की तार, इन सबसे पटे पड़े हैं ये रास्ते। कहाँ गए वह खुले बाजार जिनमें चहलकदमी करने का अपना अलग आनन्द था।

आज के आगरा के बाजारों में चहलकदमी करना नामुमकिन है। दुकानदारों को इतनी हवस है रातों-रात मालामाल होने की कि उन्होंने दुकानों और फुटपाथों में भुस की तरह भर रखा है सामान, ऊपर से नीचे तक। जितना सामान दुकान के अन्दर है, उससे ज्यादा फुटपाथ पर। ग्राहक कहाँ चलेगा, कहाँ खड़ा होगा, कहाँ बैठेगा, इसकी कोई परवाह नहीं। न दुकानदारों को तमीज है और न खरीदारों में खरीदारी करने की संजीदगी। फिर खरीदी हुई चीज सही है या नहीं, इसकी कोई गारण्टी नहीं। मिलावट का जोर है चारों तरफ। शाहजहाँ के जमाने में रात

को बाजारों में मशाल, झाड़-फानूसों की रोशनी देखते ही बनती थी। अब शाम होते ही बत्ती गुल हो जाती है। आगरावासियों ने इसका इलाज निकाला है जेनेरेटर। लेकिन भयंकर आवाज करने वाले ये यमदूत वातावरण को जहरीला बना रहे हैं दिन-रात। हाथी, घोड़ों, बग्गियों की सवारियाँ तो कहानियाँ बनकर रह गई हैं अब।

आगरा की दुर्दशा देखकर शाहजहाँ दुःखी हो चुका था। टूट चुका था उसका दिल। कुछ दिन पहले की बात है। बुझे-बुझे दिल से चहलकदमी कर रहा था ताजमहल के चबूतरे पर। वज़ीरे आज़म साथ में थे। अचानक उसके कदम एक जगह ठिठक गए। जमुना की ओर बाईं मुँडेर पर दो नौजवान ताज के बारे में कुछ कह रहे थे। रंग-बिरंगी बुश्शर्ट और पैंट, चमकते जूते, छाती के बटन खुले हुए, गले में सोने की चैन, मुँह में पान और हाथ में सिगरेट। आगरा के धन्नासेठों के अमीर लड़के।

"सुना है मथुरा रिफाइनरी के धुएँ से ताज का संगमरमर पीला पड़ रहा है," उनमें से एक नौजवान बोला।

"पार्टनर, मुझे तो कहीं नहीं दिखाई देता। लेकिन इसकी वजह से हमारा तो भट्ठा बैठा जा रहा है," दूसरा बोला।

"क्या हुआ तेरे भट्ठे को?" पहले ने कहा।

"होना क्या है। इस ताज की वजह से सरकार ने नई फैक्टरियाँ लगाने पर रोक लगा दी है। जिन फैक्टरियों से धुआँ निकले वो फैक्टरियाँ नहीं लगाई जायेंगी," दूसरा नौजवान बोला।

"ऐसी कौन-सी फैक्टरी है जिसमें धुआँ न निकलता हो। अब तो कोई फैक्टरी आगरा में लग ही नहीं सकती। यहाँ का सारा का सारा इण्डस्ट्रियल डेवलपमेण्ट रुका जा रहा है। कुछ दिनों बाद यहाँ दिन में भी उल्लू बोलेंगे उल्लू। इससे तो अच्छा है कि सरकार ये ताजमहल उठाकर यहाँ से ले जाए और रख दे कहीं किसी और शहर में..."

बस इसके आगे शाहजहाँ और बर्दाश्त नहीं कर सका। उसके टूटे हुए दिल पर एक गहरी चोट हुई थी। गुस्से और दुःख से उसका चेहरा पीला पड़ने लगा, देह थर-थर काँपने लगी। वज़ीरे आज़म शाहजहाँ की ये हालत देखकर उसे नीचे ले गया, कब्र के पास। वहाँ जाकर शाहजहाँ घुटनों के बल बैठ गया। दोनों हाथ उठाकर उसने अल्लाह ताला से दुआ माँगी–

"या खुदा, करम कर। मेरे शहर की गन्दगी दूर कर, इसमें रोशनी वापस ला, इसकी चाबी में फिर से पानी दे, इस बेइन्तहा भीड़ को कम कर, मेरे ताज को बचा ले। या, परवरदिगार, मेरे ताज को कहीं और ले जा। आगरा को बेताज कर दे या खुदा..."

शाहजहाँ दुआ माँग रहा था। लेकिन उसकी आवाज उसकी कब्र के चारों ओर चक्कर लगा रहे लोगों को सुनाई दे रही थी। वहाँ खड़ा मौलवी उन्हें गुम्बद की ऊँचाई का एहसास कराने के लिए चिल्ला रहा था—

"अल्हा हो अकबर..."

लोग शाहजहाँ और मुमताज की कब्र पर चढ़ावा चढ़ा रहे थे—दो रुपये, चार रुपये, चार आने, आठ आने...

शाहजहाँ वापस अपनी कब्र में जाकर लेट गया, फिर कभी वापस न आने के लिए।

❑❑❑